失物集

唐棣 著

漓江出版社

图书在版编目(CIP)数据

失物集 / 唐棣著. —桂林：漓江出版社，2019.11
ISBN 978-7-5407-8739-4

Ⅰ.①失… Ⅱ.①唐… Ⅲ.①散文集-中国—当代 Ⅳ.①I267

中国版本图书馆CIP数据核字（2019）第206709号

失物集

SHIWU JI

唐棣 著

出 版 人：刘迪才
策划编辑：陆 源
责任编辑：陆 源
助理编辑：林培秋 孙静静
装帧设计：周伟伟
责任监印：黄菲菲

出版发行：漓江出版社有限公司
社 址：广西桂林市南环路22号
邮 编：541002
发行电话：0773-2583322 010-85893190
传 真：0773-2582200 010-85890870-814
邮购热线：0773-2583322
电子信箱：ljcbs@163.com
网 址：http://www.lijiangbook.com

印 制：香河县闻泰印刷包装有限公司
开 本：787 mm × 1092 mm 1/32
印 张：7.5 字 数：130千字
版 次：2019年11月第1版 印 次：2019年11月第1次印刷
书 号：ISBN 978-7-5407-8739-4 定 价：45.00元

的深沟一到夏天，野草蓬勃。学校里特别安静，操场上棵巨大的古柏树。一年四季，投下同样巨大的树荫。树有一道后门，位置很高，那是平时扔垃圾的地方。垃圾去，会在深沟里激起一阵回声。

深沟里有一条狭窄的小径，向北通向垃圾山。那里其实是山，只是城里垃圾的掩埋场，一来二去，越堆越高，山的形状。

那道后门向北望去有一条河，就是石榴河，流经垃圾山，注入唐胥路北侧的野水。河上有两座桥，一座在我们后身的河段叫卧龙桥，一座在唐胥路上的叫石榴桥。

唐胥路是一条奇怪的路。塌陷所致，路面坑坑洼洼，还成无数下坡。其中，最陡的一段下坡是由一道没法儿修裂缝造成的，直到石榴桥，坡度才有所缓和。这道裂缝边有一个六间房的小院。从这个地段开始的公路需要不维修才能正常使用，这就是小小的“公路维修站”的用处。从这里向北拐上一条小路，两侧草丛布满野坟头。日子，这些坟头越来越平，几乎和路面融为一体，父亲最早在那里。

与公路维修站隔着这条小路，唐胥路北侧，还有一个砖

地理概要

《采矿技术》杂志第 13 卷第 6 期刊载：“采空塌陷是指由于地下挖掘形成空间，造成上部岩土层在自重作用下失稳而引起的地面塌陷现象。其发生与煤层的赋存条件（如深度、产状、厚度）和开采情况（层度、深度、围岩、边界条件）以及自然环境（降雨、地震）等因素有关。”开滦矿务局拥有上百年的开采史，经大规模开采，煤炭逐渐采空，地质沉降，地下水上升。后来大地震的破坏，加剧了矿区地表凹凸、开裂、断层、渗水、塌陷等地质现象的恶化，使得地表形成大面积沉陷区并积水。据统计，因采煤造成的地表下沉（含波及区）总面积达 2.08 万公顷，形成大小沉陷积水坑 53 个，积水坑总面积达 2093 公顷，每年还将新增下沉地 100 多公顷。塌陷区域内随着水面进一步扩大，附近村庄陆续迁移……

林静　绘

马州地理图（八十年代中期）

我的家在马州西边（如图所示），再往

新村庄已不是我笔下的故乡。大水淹没

这个“家”长大。我从小喜欢看水。小时

塘满足了我对水的喜欢。长大一点，想

沿着唐胥路向东边走。

在路两侧一家挨一家的小天花板厂里

泉陵园藏在小天花板厂的后面，它在我童

神秘，那扇向东开的门始终没有敞开过一

我上学要从陵园后面的一片坟地走过

伸到一条灌溉用的水渠（大垄沟）。大垄沟

们为抄近路，必须爹着胆子，过大垄沟去上

以唐胥路为界，北边是田地和塌陷而

横，几乎没有建筑。南侧是大部分的田地

学就是在那所龙泉寺小学上的。龙泉寺小学

后
有
荫
扔
也
成

厂。砖窑很大。砖窑的背面是一个沙土坑，沙土被车辆不停外运，留下一个又一个深洞。夏天下过大雨，那里就成了天然游泳池。

沙土坑北侧的高地上的小铁厂里，高耸着三根高高的铁棍，手拉葫芦（一种简单的手动起重机械）的链条下挂着铁物。从小铁厂的位置向北，拐弯就会看到另一片坟地。坟地周围长着高大树木。响应政府号召，原址塌陷后，我把父亲的坟迁到此处。

过了这里再向东，距离大水很近的一处水塘被人承包，也搭起土埂，圈成长方形养起了鱼。后来鱼塘荒废，那里成了芦苇荡。

从芦苇荡穿过，向北走过一片杨树林，拐上一条夹在水塘之间、向东的小路。眼前差不多都是野水了，然后你会看到一个小岛似的地方——将军坨小学大部分已经成了水中岛。这个岛被竹做的篱笆包围着，走上这个小岛之后可以看到废弃的教室空着，有的已经坍塌，有的没有窗户，有的只剩下一些墙壁。再往深处走，都是野草和一些老树。

将军坨小学的西侧是马各庄，虚线代表那里已经沉入水下。

从小岛下来，继续向东走，水面还在扩大，水塘里分布着锚洲等几个小岛，那里是水鸟的家。

走到铁路的时候，人往往已经很累了。铁路边上有个小火车站改建的养鹅厂。我在铁路边歇脚时，时常看见又肥又大的灰鹅从那里游出来。

铁路沿线，向南是一个小水坝，如今只剩下高高的石矶。旁边的空地上，每月三号自发形成的远近闻名的牲口市场，倒是红火过很久。

我小时候能走到的最远的地方，就到这条不知通向何方的铁路了。胆小的我一直没有勇气跨过那条铁路，去到更远的地方。

作者的话

终于，赶在它们在脑子里消失之前，把这些事物记录下来了。很多离家在外的游子极力书写乡愁，我自问支撑自己写下这些的，肯定不是一份单纯的乡愁而已。

写作是需要理由的，就像人类需要进食。对我来说，它肯定解决不了什么现实问题。

我成长在这片采煤沉降区，见多了地面塌陷、裂缝、涌水这些外人觉得神奇的事。小时候一放学就往家里跑，怕水把家淹了，找不到家。现在看来，这种心情深深地影响了我的童年。

如今，故乡真的被大水淹没，我淤积在心的情感也没有了出处，不安和怀疑也加重了。而我最大的问题在于仍想继续说点什么，这些年感受尤其明显。新建的楼房逐渐覆盖了熟悉的乡村，公路穿过了小时候游荡的田野，一草一木都在改变，更准确地说是在消失，并且势头比大水带来的感受更猛烈。

那些有个地方储存情感、激活记忆的人都让我十分羡慕。自己的故乡又在哪里？我就是在寻找这个地方的旅途中，一边问自己，一边完成了这样一本“失物之书”。原来都说回忆意味着老了，其实老了对我影响不大，更触动我的是失去之后，再也没有了。我倒是希望每篇文章都带有一点这个情绪，并让读者感受到。

最后，谢谢读者、编者，以及故乡馈赠。

二〇一九年五月

香港　庙街

目 录

第一辑

*

第二辑

*

第三辑

*

第四辑

*

第五辑

*

第六辑

*

附录一

*

附录二

*

第一辑

蒌 草

最早，马州地面上分布着大大小小无数的泥潭、水洼地。时间久了，地下水渗出地缝儿，几乎一眨眼就冒出来了那么多面积不小的水塘。

我追忆故乡就是从水塘边蒌草疯长时节开始的。

大片大片的水塘里滋长最多的就是这种草了。在我还不认得这种草的时候，就知道只要它一出现，就表示此地“快了”——即使现在还只是湿潮没有水，也很快就会涌上水来。小学时学习古诗“蒌蒿满地芦芽短”，老师说的这种草，好像就是我当年在水塘边见得最多的蒌草。

这蒌草也叫“芦蒿”“藜”“艾蒿”，喜温湿，生于阪隰，而以沼泽尤佳。走河坝子的人经常见到野蒿子，绿叶红蔓，一股淡香。

野蒿子和蒌草其实是两种草，混着长成了一大片一大片，好多时候是看不大出来的，也不怪它们！等我长大一点才知它们的生长期挨着，也都很短，话说“三月蔾，四月蒿，五月蔾蒿当柴烧”。每年三月过后，蒿子茂盛，五月一到，满地枯黄。

当然，书上也记载着另一种名贵的蒌草，是春秋时的君子草。

如《诗经》里写：“呦呦鹿鸣，食野之蒿，我有嘉宾，德音孔昭。”又写：“翘翘错薪，言刈其蒌。之子于归，言秣其驹。”

文中的“蒿”“蒌”，我以为指的都是水塘边的蒌草。难怪村里人拿着镰刀出门，问他们干什么去，都说去割蒿子喂猪。其实割回来的，大多是蒌草。

后来读了点书，又发现“蒌”和“蘩”可以作为祭祀神灵的祭品，“于以采蘩，于沼于沚。于以用之？公侯之事。于以采蘩？于涧之中。于以用之？公侯之宫”。

采蘩是不是采蒌草？留下疑问给好奇的人吧。

其实，蒌草、马羚菜、蕨等这些野菜，在我妈看来完全不值一记。平时，我写东西她完全不参与意见。唯独在这方面，一下子见多识广起来。她看着我，摆了摆手，说：“草就是草。东西还能变？”

我想到早几年吃过的蒌草还是一味药。隐约记得好像看过《本草纲目》称“采其根茎”，可败毒去火。第一次煎药，入口的味道不仅是苦，还有一种说不上来的味道。第二天，问大夫能不能换一种吃法。大夫看着我，笑说，你当这是吃菜呢！

一个朋友知道我这段经历后，有一天非开车载我去到一个极偏僻的小馆子，神秘兮兮地，点名要让我尝一尝镇店名菜“腊肉蒌草”。

一会儿是草，一会儿是药，一会儿又是菜。你说，蒌草这东西是不是有点复杂！

羊 角

羊角长在后山一溜儿坡下面，春夏之交正是它们闹得欢的时候。女孩们被惹得兴趣高涨——它像山羊角似的竖起来，扯一枝插在头发上，真是俏皮又好看。

“羊角”是我们的叫法，外面的人叫杜鹃、马樱花、山石榴，一些书里还讲到它在朝鲜就叫“金达莱”，知道这些已经是很后来的事了。在马州人古老的知识系统里，名字就是个代号，什么东西有趣最重要，直到今天还是“羊角、羊角”地叫着，不管不顾，理直气壮。

这也是我记忆里羊犄角般地“顶”起的五色缤纷的那一部分——白的、红的、蓝的、粉的、紫的，复色、条纹和斑点的都有。查了查杜鹃品种有九百余种，但说故乡的野羊角吧。

马州人除自家田地，屋舍前后庭的空地会被他们辟成田，按节气撒种青菜。我家当年没种菜，辟成的田地，圈起了篱笆，养鸡养鸭。

周围是山，山也不高，山脚和山腰之间是田。从这座矮矮的后山走上去不远，眼前铺展出一条路。走着走着，就能看到山腰了——我家曾在那儿有块田。儿时，我妈在那儿种过菜，不时扛锄下地，挑水浇菜，走的就是这条路。这条路的两边，到了季节，尽是野羊角匍匐着。印象里它们把路边的水沟占满了，好多好多，开得极盛。那些羊角是玫红色的。

我妈在远处田里种菜，我一个小孩无聊，只能摘几枝路边的羊角。手上的野羊角，不管好不好看，首先是好玩——那时就这么觉得，可以当“零食”是后来长大了一些才知道。有人告诉我以后，我玩完了，就把红瓣儿在嘴里含着，先酸后甜。

除田里的活儿、家务，马州妇女一般上山割蕨，这是她们在那个年代里最基本的工作。后山的蕨菜是之前各户人家里最常见的生火燃料。人们每天磨好镰刀，背一枝竹杠，杠上缠着绳索，几人相伴，就这么谈笑着，进了山去。听老邻居说当时都是这边割，那边不忘在山里寻看有没有野果，带回去给孩子。那些割蕨的妇女沿山路而归，过了河，我们这些小孩子早早就在河边等着了。

后山是绿的，河水是绿的，羊角是红的，撒在一片绿之中。一般三五成群入村口时，远远地，你一点，我一点，左一处，右一处。远远看着，就觉得有趣，有点像星星点点的萤火虫在移动。

后来有一天，我妈给我讲了一个传说——

寡妇带儿子过活，希望儿子将来有出息，孩子却不学习，只顾在外乱跑。有一次，寡妇重病，咳到出血，想喝水，就叫儿子去河里挑水。儿子不去，寡妇说："哪怕舀一碗也行。"儿子还是不去，说出门就是河，你自个儿去，而后又跑去玩了。寡妇着急，急得身上猛地绽出了一对翅膀。儿子回家，看见母亲叫着"迟了、迟了"飞了。寡妇在空中叫着，掠过河去，一直吐血，后山上的白花就被染红了。

传说里没说寡妇后来怎样，我只知道白花从此成了红花而已。

"白花变成红花，人变成鸟……"传说的寓意大概是没有什么东西一成不变吧。红花也不需要找理由，但是我回忆起来确实还记得那花的红色严重掉色，黏性十足，很多小女孩爱美专拿它染红指甲盖儿。

好多年，没见到野羊角了。这花和书本上看到的杜鹃不太一样，哪里不同，又说不出来，毕竟记忆不靠谱在先。图谱上有细微区别，更多的，可能是内心永远的小秘密吧？像我们母子多年以后离开马州，无人了解我们那时的心情，现实的处境在后。

写下这些事物的核心是惦念，顺着那个小坡，拐了弯，再上去就是那座矮矮的后山了……

紫　藤

以前，我写过一次紫藤：

“想去看紫藤的时候，它的花早吐出了蕊，现在肯定是满藤垂下大溜儿、大溜儿的紫花了。等我看到它的时候，紫藤在架上蔓延得正凶。”

那次是朋友约去赏花，其实我根本不认识什么花。在我看来，紫藤的名字好像很名贵似的，离自己太远了。能写出上面这种文青式的句子，我现在很脸红。

这是真的，快黄昏的时候看这种花挺有感觉。除了花的样式，花的颜色也有意思，画面感很强。夕阳之下，紫藤在视线尽处。都说美丽是写不出来的，是眼睛的收获。当时的事情我都记得，当时的花色早都忘光了。其实，你看得出这些文字无非是表达一种向往、一种理想，而理想主义的黄昏往往是不合时宜的。“惆怅春归留不得，紫藤花下渐黄昏。”放下白居易的小遗憾，翻开《源氏物语》，还是难逃——

春日沐藤花，末叶皆舒展。

据说，“紫藤”在日语中的意思是悠长的爱情。有一次，我走过一片紫雾般的花架，闻着好香。后来才想起，花就是曾和朋友一起去看过的紫藤花。

怪不得古人爱写“草木记”“岁时录”，如今回看自己当年所写，多半是因为一些个人的感情，本质还是感慨一下物是人非。用了心观察，用了心体会。爱的美妙与惊险也都是动了心的缘故吧，这是那次赏花得出的结论。

悠长的爱情令人向往，因为大部分人都遇不上。诗词里就会这样写——

藤花无次第，万朵一时开。

不是周从事，何人唤我来。

白居易这四句诗写来写去，都是关于“何人”之情的。想去看紫藤的时候和看到它的时候，时间早动过了手脚。有时，就觉得人对有些事太大意！作为春天的最后一道美景，紫藤花开着开着，夏天就到了，我有这个感觉。

茑 萝

我是从郁达夫的文字里知道“茑萝”这个词的。一九二三年四月六日，作家郁达夫写过一篇《茑萝行》，开头一句：“同居的人全出外去后的这沉寂的午后的空气中独坐着的我，表面上虽则同春天的海面似的平静，然而我胸中的寂寥，我脑里的愁思，什么人能够推想得出来？”到了一九三六年，这篇小说收入美国记者埃德加·斯诺编的英文版现代中国短篇小说选《活的中国》时标题改了，叫《紫藤与茑萝》，一个锲而不舍，一个依附而生，都有点遗憾和哀怨之情。

有一年，天气奇怪，黄昏必要下一场雨，好像如约而至。下雨的时候，人的情绪多少会受到影响。记得这么清楚是因为我从那年开始读了一点《诗经》——这本书我下决心一读，因为感觉它不好读。

读到《小雅》里记有：“茑与女萝，施于松柏。”郁达夫这篇小说正文前也引用了这句。后来只要一下雨，我就想到这句。喜欢读它不是因为读出了什么深意，也不是因为郁达夫，就是觉得它写出了一种精神劲儿。

这段文字激发了我从小说到《诗经》，从情节到意蕴，从哀乐故事到诗情画意的想象……

茑萝叫“五角星”是因为长着“五角星”的模样，红彤彤的，我就这么想过。也有白的、粉的，在雨中有点像小孩的玩具，跟《诗经》里面的“茑萝”联系不到一起。

茑萝是攀附而生、生而蓬勃的那种草。郁达夫以“茑萝”喻中国几千年封建男权社会中一切都以男人为依靠的女人们是再恰当不过的了。

没承想，我家的后窗下、屋檐上，一年一度闹得最欢的小“五角星”就是茑萝。小时候下雨天，也不能出门，我就爱从后窗向外望……

那时，我有一群朋友就喜欢到乡下去拍花草的照片，收集草木谱，然后一起研究。我就参与进去，看看图、闻闻香，说是欣赏，顶多是在其中找一些印象吧。我喜欢“茑萝”这个词本身，对这种植物实物一般。植物和人一样，分有格无格，茑萝就没什么格，但它有一个好名字。一个好名字像一个好句子。不是这样，也不会在那些句子中读到它，记住它。书里的东西，在脑袋里存久了，偶然与生活中的东西重叠，就有点像恍神，是幻觉还是真实？有意思就够了，管它“胸中的寂寥、脑里的愁思”呢！

莴 苣

手指肚儿触到了莴苣叶片，就会感觉到绿色的莴苣叶片上皴着一层皱纹，本来很光亮的平面上隆起了更多毛茸茸的叶脉。叶脉之间，可以想象成一条条氤氲勾连的河。放在微观世界里鸟瞰，一片莴苣，就是一幅山水小品画。

小时候，我跟我妈下田地见到过它。问她，小时候经过的那一片地是不是莴苣。她说我记错了！说话时，她还比画了一下莴苣的叶片。

莴苣的叶片有两种，两种背面都是绿色，只是正面的颜色略有不同。其中一种叶脉周围呈绿色，皱纹隆起的部分则是红里透紫。大多数人肯定喜欢这一种，因为颜色好看。我们吃的大多不是这种带红紫色的，而是另外一种。莴苣的叶片茎与叶交叉地方，一掰一声脆，啪——叶子摘下来；接着再掰，啪——又一片。雨后，这脆声会让你精神一振。当然这都是经过我加工的，我妈说完这些就走了。

过去，莴苣长在野外。你得往野地深处走，摘莴苣回家，放水盆里“喂”着——方言用字不大好找，这个“喂”在我的用意里有几分养着、输送水分给莴苣的意思，不同于“煨”。水中莴苣，舒展开来，神清气爽，活像个喝足水的人儿。这我倒是见过，每次涮肉，妈妈都自己去摘莴苣，而后放入那个小花盆里“喂”着。到快吃时就拿一片在水中摆来摆去，水花便在叶片上喷溅起来。细小的尘，会随流而下。

每次，我感觉我妈都像尊重个人儿那样伺候它们。洗完之后，水是淡淡的土色，倒掉换盆清水，重复几次就洗好了。接着你就在桌边候着吧，剩下要做的就是用自己的舌头迎接清爽。

过去生吃莴苣，卷小葱，哥们儿几个一起吃，佐以民间小笑话。也有夹咸豆腐，蘸鸡蛋酱，或紫色虾酱的，那是另一番滋味。

屎　瓜

这种瓜一般长在野地搭起的茅厕后边，或者过路人经常大小便的地方附近，于是落下臭名。其实就是小个儿残疾甜瓜——形状难看、色泽如土，却特别甜，有一种长势天然、随便、无所谓的感觉。我小时候经常跟几个伙伴，走入田野，循着一股干臭味去找瓜秧子。踩屎是时有发生的事，一踩到屎还会特别高兴地大喊，这就说明一路荆棘没白蹚、一身大包没白叮，屎瓜不远了。

屎瓜皮子有一股臭味，要剥得比一般的瓜剥得深。我们吃瓜时都小心翼翼地，最怕一不小心，臭籽蹿进肚子，在肚里长出小屎瓜。大人们吓唬我们，少吃那些屎瓜，要不会满嘴飘臭气。以至于我从小就认为，口臭的人肚子里都长着屎瓜，他们是活不长的。现在想想，仍觉得有趣。

年幼的自己容易相信，也爱想象。传说马州某村一个叫狗丁的小孩让屎瓜籽闯进了肚子，晚上睡觉，瓜秧就从他的小肚脐里长了出来。第二天，全村人都被臭气熏醒了。故事是不是自一本书而来，早已忘记，后来我跟朋友说起，他说那本书上还配了图呢。听他描述，仿佛又一次看见细叶的藤从那可怜小孩的身体里钻了出来。

我真觉得可怕。等我大了，我妈才告诉我："根本没这回事！"

她说起自己小时候家里夏天吃西瓜，籽不小心掉到床下的故事。那时是泥地面，过完夏天、又冬天、再春天，它们一直躲着；又一年夏天开始了，它们就在床下泥土里发芽。

屎瓜什么时候发芽？既然能在床底土里发芽，当然，也能在肚子里发芽了。而且，那时的我不仅担心它会晚上发芽，还怕它像书上有魔法的豌豆一样，一夜拔成一棵大树。

后来到了翻小说的年纪，看见书里写外星人入侵人体，我就笑了，就像小时候担心过的肚子里长屎瓜的事。慢慢长大，听说了更多稀奇古怪的传说，人和植物混合生长算是印象最深最可怕的记忆了，如《西游记》里长胳膊的树等。

我对屎瓜有记忆，真就是因为我用了整个童年来怕它。我的少年、青年时期似乎都弥漫着它的臭味。初二时我生物成绩特别好，就和那段时间的这种感觉有关系。我躲在瓜秧子旁边，一直看，每天去看，这也是打破心理恐惧的一种方式吧。回想起来，我大概也是在研究将长在自己身上的东西是个什么样子！人对不确定的事物易产生恐惧。如果对外形、性状之类有了解，也许这种恐惧的力量也会下降不少吧。

“如果，身上长出一种植物，那将是什么呢？”也不知道你问过自己没有？对于我来说，有时脑子里就这些担忧，乱七八糟的。后来写东西的一些想法也是在这些担忧中捡拾出来的，理顺了再写一点文章，似乎文章也是从脑子里抽出来的东西。

这些与瓜有关的感觉令我意识到年少时的奇妙，它们犹如纷纷扬扬的情绪，在身体里隐藏着，我也担忧啊，说不定什么时候会炸裂而出，长成参天大树。

红顶儿

我有一个蘑菇味的童年。这股味道在雨后最浓了，每次都是随着一场细雨飘来。大雨过后，气温陡升，空气中就充满了“忧郁的味道”。

说蘑菇味怎么说到忧郁呢？这里面有个我幼年发生的故事——

我去捡蘑菇，后山湿气重啊，得穿布鞋，否则容易滑倒。和我一样，被大人派来捡蘑菇的孩子还有很多，人人拄着一根树枝，沿着山梁子走。放眼过去，活像一队老人，个个拿着拐杖，等于多了一只脚。棘草里有蛇，这只“脚”还可以打草，我们往山上爬的时候会安全一些。虽然叫“捡蘑菇”，也只是这么一说，听来轻而易举，其实蘑菇扒在山坳的树根下结实得很，得使劲拔。这里的人把难事往往说简单了。他们的活计，我至今一样都做不来。这片土地有一座矮山，有的是水泊。山路上有很多细小水流，从草甸里渗出来。当水冲过岩坡面，就留下了一串咕噜、咕噜的声音。水从松软的土层上流过之后，人不小心踩上去，经常会站不稳摔倒——我捡蘑菇路过那里狠狠地跌了一回，至今留有伤痕。养伤的几个月，只能看着小伙伴们雨后提篮出发，尤其他们经过我家后门时的欢笑让我哭了不知多少次。

那段日子是我人生最早的忧郁期，后来伤也好了，我就想把这些天没捡的蘑菇统统捡回来。村里老人跟我说，蘑菇都是给孩子们留好了的。那是我逃课最多的一段时间。从家出来，直接上后山。同学们放学了，我再踩着放学钟声下山，然后得意地扒开书包给他们看收获。我早回忆不起我妈被老师训斥回来打我一顿，自己一连几天的忧郁是如何排遣的了。

从那时候，我就记住了蘑菇的味道。那种味道最能唤起馋虫，就觉得本地的蘑菇做菜，尤其我捡来的蘑菇入菜好吃。我最爱吃那种蘑菇头上戴着顶鲜艳的红帽，我们就叫它“红顶儿”。

红顶儿群居，树下草丛，一只牵一只。捡蘑菇时，我们嘴上各自备着一套暗语，闭眼默念，一睁眼，哟呵！果然出现在脚边——那套暗语现在也已经忘光了。这堆蘑菇有点像兄弟姐妹，一嘟噜，手牵手，采走一些，一定也会剩下一两只孤零零地留在山上。它们有点像那时候的我。它们还可以想念被采走的兄弟姐妹，想念是一件美好的事；而我是独子，也不知道该想谁。

一圈树

石榴河边长着一圈树，我们就叫它们“一圈树”。最早听说这种树的名字，我觉得也太随意了。先这么叫吧。一圈树的叶子是透亮的，边缘带绿边儿，慢慢地，叶片一串串粘连成片，裹成个泛着淡绿的“果儿”，就是茶裹（果）。茶裹如小孩拳头般大，底下一个小孔，悬在一圈树的枝头上。

其实，一圈树不该长在马州，气候也不适合，奇怪就奇怪在这里。这是我对照下来才知道的，书上说长得像“一圈树”的就是茶子树，只在石榴河边长着一圈，别的地方不长。我们那片土地上，除了胭脂米（外观形似旱粳子，有芒，属于粳米。这种红色稻米因味腴、气香、微红、粒长，煮熟后红如胭脂，“色微红而粒长，气香而味腴”被称作胭脂米，因皇宫贡米而闻名遐迩）之外的另一个谜，就是一圈树了。

马州人把它们当成大地的馈赠。一圈树的果子榨出来的油是透明的，我妈说那个可以清洗割伤，效果很好。每年，大家谁去采果子，榨出油，都会无偿分给村子里的人。还有树叶可以泡水，也有止血效果。山上的草木锋利，上山下山走路，时常被割伤流血，伤口抹点树油，就不疼了。

说惯了一圈树，看到它一树的花朵，层层叠叠，影影绰绰，才知道野东西长得漂亮啊。我现在回忆起它的花来，还是觉得分外好看，但当时忙着抠知了猴、游水这些，也没时间欣赏。没人懂得欣赏一圈树，一圈树的价值可能也不止看看花，闻闻香味，榨点药油。

在我出门几年后，我妈电话里说河边的一圈树今年好像没开花，大家都担心年景不好。那一年，还有好多山上的树也都莫名其妙地死了，至今留着干枯的树桩。不知道原因，我妈也回忆不出来那年马州出过什么不好的事。甚至，那一年是哪一年，她也不太记得。

“就是一圈树枯死的那一年。”我跟村子里的一个岁数比较大的老人说。

他摇着头，非说：“不对不对，你妈她记错了，那些年山上的树经常枯死。不是枯死，就是被人砍了去做家具，你邻居许三是那几年结的婚吧我记得，你去找他问问。”

我连忙说：“好。好。好。”

其实，许三前几年死了。有时候，老人的记忆很有趣，不记得近期的事情，按说远期的事情不该如此。选择性失忆也好，反正不好的事都该忘掉。

狸木考

从前，野生狸猫都在马州的土匪寨子里昼伏夜出，逍遥自在。后来，土匪们被围剿了，死的死，逃的逃。狸猫也在那些天之后，散了精神，一到夜里就发出特别凄厉的叫声。

当地人口中的狸木，大概就是由同样一圈散布在马州野外的狸猫变幻而成，它们的叫声象征着不好的事将要发生——意思相当于猫头鹰、乌鸦。

我爸还在世时，我曾梦见过自己嘴含个胳膊，一吞滑入喉咙。后来跟家人说了，中午午睡之后，就长睡不醒，直到有人抱来一个小孩。在那个梦里，小孩的胳膊被我整截吞下！街坊就出了这招。小孩一哭，我就醒了，也止不住地大哭，等我平静下来，发困的病，不治而愈。

事发之后，我爸在院里找，果真在西南角的菜窖后发现了一截狸木。当年，我们旁边住着一个寡老头，我怀疑狸木是他扔到我家院子里来的。我病好后就躲着他。

话说回来，我从没怀疑过爷爷对我的好。我生病时最着急的是他，在很长一段时间只有他用自行车推我上学——因为岁数大了不敢骑，怕摔跟头把我摔了。家族里的人在我爸死后，不许他管我，他仍一言不发，继续接送我。每次面对我妈，他都低着头，说：“你放心吧，他们说我啥，我也不言语，总不能打人吧……”

爷爷是在我上高中时去世的。他死后多年，我经过埋他的那片坟岗子都要看上几眼，有时还会看见狸猫一闪而过。不知道从哪年起，我再从那里经过时爷爷的坟头已经不好找了，却看得见好多枝杈怪异的小树——爷爷的坟头那么小，小到几乎被一片蓬勃的野草覆盖。我小时候不知道那片土地是埋死人的地方，爷爷，爸爸，所有乡人总有一天都会埋去那里。蓬勃的野草之下，是整个马州的记忆。

说到怀疑，我又想起长睡不醒那事之后来看我的姥姥。虽不好这样说长辈，但我心里就这么认为。

当年，我妈喜欢一双袜子跟姥姥要钱，姥姥说：“你不养着鸡吗？下蛋你自个儿卖了钱再买。”等鸡蛋攒满竹篮，再拿到集市换了钱，袜子卖没了。我妈哭了一路。姥姥对我妈的感情太淡了。所以，我妈生了我之后，才会对我说：“……从那时，我就想以后有孩子一定不能让他有这种感受！”

姥姥死得比爷爷早，我妈半夜带上睡眼惺忪的我赶过去。姨姥招呼我妈赶紧穿上孝衣。雨点落地，结成冰碴，那是一个有点冷的凌晨。一伙同龄的小朋友在泥里踩来踩去，哭闹着，跟喇叭手讨“哔儿”——就是喇叭的发声器，好像是喇叭手亲手拿苇叶叠的，叠好捆一圈细铜丝，再把这玩意儿，插在喇叭杆上，喇叭才有声儿。我妈教过我在一支乡间吹鼓队里辨认喇叭手。她说，喇叭手好不好，看腮就行。透光越多腮皮儿越薄，就证明他吹喇叭的时间越长吹得越好。按她的话，我在姥姥的葬礼上一眼就认出了吹鼓队里休息的喇叭手。那人的脸腮薄如纸张，后来看他吹喇叭，就担心脸皮破了。

他给了我一个“哔儿”。这也是我人生中第一次有印象的苇子味。这味儿有些奇怪，苦中带甜，甜中带涩。

也是在那时候，我在一边玩着，一边听我妈说，姥姥一个月前老说，谁不孝，我死了就不让谁消停！

死了就是死了，我妈才不信她的话呢。直至姥姥过“五七”的夜里，舅舅家柜橱里的锅碗忽然轰隆作响；火炕被莫名翻开，席子差点儿着火……

多年以后，姨姥才把这件没外人知道的事告诉了我妈。我妈猛地想起姥姥死前留下的那句话。

除了我爸的葬礼，这是我记忆里值得说的两人。

对于其他人的死，我仅是过客，自个儿都没把自个儿当事。按我们马州习俗，棺材入土前，都要在棺材上插一根狸木——现在，好像拿桃树枝代替了。这样死者才能买通阴间的“马州土匪”，否则就过不了鬼哭狼嚎那一关。

第二辑

饥饿旅人

一九五九年秋天，大约起菜时节，姥爷赶大车出去几天，回来了。他临走时，姥姥找接生婆看过，说日子不到。其实，姥爷觉得这年头生孩子是找麻烦，生男生女在其次。姥姥不这么认为，说一个儿子，将来力气活这么多，还是不够使。姥爷一回来，看到姥姥正蹲在水井边洗衣。他抢在她前面问，咦，生了？姥姥看着他，努努嘴儿。姥爷进屋，在炕上一团烂被里，找到了一个还喘气的女婴。

那就是我妈。

姥爷说，一条人命总不能饿死吧？姥姥已经生下她好几天了。姥爷没说什么，让姥姥给女婴弄点水喝，自己背着手，去街上想办法了。能借能找的人筛过一遍，他有些绝望。这几年岁数大了，不去外地拉货，马州方圆十五里情况都差不多——供给不足，蝗虫遍地。

有一天，姥爷无奈地赶车回村子，正好遇上话痨许三。

许三骨碌着眼珠子，喉结上下跑动，嘴皮却纹丝不动。在生产队拴好牲口，姥爷没像往常一样那么着急回家进屋抽烟，而是双膝夹着头，蹲在院中一溜儿干枯的葡萄架下。开门声，响了好半天。姥姥有些好奇，人咋不进屋？放下怀里的女婴，走出了门。

姥爷说："遇见许三了，骨碌着眼珠子瞅我半天，话嘶嘶地，愣没吐出个字儿！"

许三干瘦的样子在姥爷心中引出了别的问题，让他想到一个话痨忽然没了说话力气，事情就可怕了。尤其，想到他的眼神。

又说："啥也别说了！我看他啊，都他妈的快上树了。"

本来，想拿人饿成猴的笑话，挪开自己的害怕。这时，屋里传来哭声。

"这孩子就会哭，就会哭。"姥姥气愤地说。

姥爷越想越饿，越饿，双膝把头夹得越紧。好歹对付了一段日子，姥爷赶大车，又出了门。

这次，姥爷去找镇上的车把式马自力，问他近期去不去汉沽？去的话，给韦德民捎一个口信，说老唐问他，有没有门道搞点吃的，刚生了个老丫头，饿得不行！

马自力不仅把口信捎到了汉沽，还在半个月后的一个下午，骑着一辆“大二八”自行车，叮叮咚咚地，为姥爷带回了韦德民的回信。

“老唐，韦德民让我告诉你说，他现在也吃不饱，顶多再给娃们搞到一包果子……”

我们马州跟一种老式的糙点心、大块酥叫果子。全家一宿睡不着，想了一夜果子的味道。这个温暖的回信，叫我妈的人生中有了一次与吃有关的旅行。

一九六〇年清晨，姥姥带上三个孩子坐姥爷的马车从马州出发，近中午时来到了火车站。他们从这里坐上了去汉沽的火车，车票一毛三分，孩子免票。

姥爷在他们上车前，反复嘱咐：“到了，给韦德民说，老唐说啥也不说啦。”

姥爷在走投无路的情况下，想起在汉沽一个村子里当食品采购员的韦德民。他们认识是在七年前。当时，姥爷在汉沽走货，赶车过桥，韦德民摔在桥下的水里，昏迷了。河水不深，当时是深秋，水里都是冰碴子。姥爷把他捞上来，浑身被割得都是血。等人缓过神来，姥爷怕他再昏过去，就赶紧问：“我说！我说！多大事，就想不开？”

韦德民一愣："很多国家大事都想不开啊。不过，最想不开桥怎么还不塌？木板几天少一根，几天少一根……"

姥爷顺着他的手指，看到桥上的洞。自己赶马车，是大轱辘，平时没怎么注意过脚下；韦德民是骑车卡在洞里摔到桥下的。后来，韦德民和他的钻石牌自行车，被姥爷的马车送了几里路。

姥爷半路上问他："我说，我说，你车子不是偷的？"

干瘦的韦德民看了看都是泥巴的车胎："供销社给配的，你眼尖，这车真是好骑。骑上去感觉整个人都飘了起来。"

韦德民和他的自行车在村供销社门口，下了马车。他头也不回地推着车跑进了供销社后院。姥爷赶紧赶路，一耽误就要半夜行路了。刚动不远，就听韦德民呼哧呼哧地喊："恩人，等等。"

姥爷也没多想，可不敢再耽误。韦德民追上姥爷后，姥爷还没多想会让人叫成了"恩人"，他放在姥爷手上的就是一包果子。

"老唐，我这小命多亏你。"

这包果子在当年花钱都买不到。他觉得，让孩子们过个年。这会儿，正好韦德民也说："让侄小子们过个年吧！"

姥爷“啪”一拍大腿：“啥也不说啦。”

年岁大了之后，姥爷就很少赶车到汉沽去了。隔三岔五，马州的车把式到汉沽拉海货，或汉沽采购员到马州采购胡萝卜之类，他俩都彼此带个话。这些话反反复复，不外乎，韦德民托人带话——

“老唐，好久没见，老想喝一杯！”

“老唐，我媳妇是稻地的，你要来，喝喜酒就好了。”

“老唐，又生了一个儿子，我他妈的命是好啊。”

“老唐，我们这边也闹了饥荒，饿得头皮疼。”

那些年，姥爷捎去的话几乎成了生产队里车把式们的笑话。每逢带话的人跟姥爷说汉沽的韦德民又说啥说啥了，他就说：“告诉韦德民，啥也不说啦！”

“啥也不说啦！”是激动，是感慨，是给韦德民捎来的好多个字加上叹词。与对方有同感，也是特别渴望。当然，归根结底都是一次次确认在汉沽有这么个朋友。姥爷从这些口信中拼凑出了韦德民的生活。姥姥一直不太相信啥朋友能有吃的相送。

直到上火车后，她还是很担忧。她先四处看，看到一群人，一片包裹，一堆行李，一扇车窗上斑斑点点的绿色。她往前走，最终在一堆行李后面不远，靠那扇窗口找了位置坐下来。两个大孩子挪着座位，身边还有一个人，三个人挤在了一条椅子上。姥姥看了看那群人，他们好像都坐了下来。那个包裹被攥在了他们各自的手上。行李在车窗上的架子里一个挨一个地晃动。她的脖子总是伸得很长，眼睛总是瞪得很大。这是姥姥第一次出远门，对面坐着一对小夫妻。

中午，车厢里拿着吃的、走动的人也多了起来。年纪大的孩子可以忍住，硬是叫姥姥把他们斜过来的脸，又推回车窗。

窗外陌生的田野、铁塔、大桥嗖嗖地跑远了，多少可以分散他们的注意力。姥姥怀中的孩子，却被对面吃鸡蛋的小夫妻牢牢抓住了小眼珠。开始，姥姥不断挪动身体来遮挡。后来，我妈就开始哭，直到姥姥不再动弹而是正对着对面的女人才停止。我妈朝年轻女人伸出小手，搞得姥姥很不好意思。不仅伸了手，嘴里还不清楚地发出“嗯，嗯，嗯”的咀嚼的声音。

“你看看，多不好意思，这年头吃的精贵……”

女人用手掰开鸡蛋，把鸡蛋黄擩到我妈嘴边。这时，我妈抱着鸡蛋黄，发出了出生后的第一声笑。年轻女人用手摸着我妈贴在头上的一层稀疏的、卷卷的黄头发。

她说："看小家伙饿的。"

一路上，我妈的眼睛都看着对面的一对小夫妻。对面的小夫妻时不时逗她，他们俩都爱说爱笑，好像那是他们的女儿一样。

下了火车，姥姥抱着我妈，带着孩子们站在车站外面等人。那群脸上浮肿的人，有的也下了火车，有的随着火车去了更远处。小夫妻也站在车站门口等人，之后有个人来接他们。

韦德民信守承诺，为马州来的姥姥和三个孩子备好了一包果子。孩子们抢着吃点心时，姥姥不忘嘱托，把上车前姥爷要带的话带到了汉沽。她一边咬点心发出吞咽声，一边对韦德民说："差点儿——忘了——德民啊，我家——老唐说，说让告诉你，啥也不说啦！"韦德民笑了，至于有没有再托姥姥往马州带什么话，我不得而知。

一九六〇年的这趟饥饿之旅，不仅让他们娘儿几个饱食一餐，还纠正了姥姥对朋友一个认识上的错误，同时也让我妈在人生初期做了一回旅人。

捕蛇少年

作为村里人都知道，捕蛇少年被蛇咬是迟早的事。

当时，我个子矮，上小学三四年级，一条比我胳膊还粗的蛇是我费了很大劲，才从一座坟前的洞里拽出来的。我没想到它竟敢跟我动嘴儿——蛇的长度立起来，比我高。放学的队伍吓得散开了，都喊我放手，放手。后来我就放手了，胳膊上立刻冒出了血。也没什么感觉，走回了家。

没多久，一起放学回家的同学们就把他们爸妈喊来了。他们围着我，显得特别着急。我妈哭着回来时，我家门口已经挤满了人。我被他们问烦了，没有疼痛的感觉，也不觉得豆粒大的伤口镶着一圈紫色的边儿有啥大不了的。

我妈风风火火地带我去了乡卫生院。她几乎是跑进去的，进门就跟医生大喊："我儿子被蛇咬了！"

安安静静的医院里忽然热闹起来。医生给我处理伤口时的表情有点奇怪，我这才发觉蛇毒和伤口引出的一系列词中，也包括死。整个过程，我都没有哭，直到意识到这个，我突然号啕大哭。

医生和周围的人被我吓了一跳，赶紧跑过来给我打针，我妈开始用我爸去世时特有的哭声喊："大夫，快救救我儿子吧！"

我们那儿的医生没接触过这种伤，面对乡里可能是第一例蛇咬，卫生院院长都出动了。

那个老头儿说："知不道毒多厉害，先观察一下，我们把伤口处理好。"

护士一边用酒精擦拭伤口，一边仔细看着那圈紫色的镶边，回头说："大姐，你先别着急，你是知不道马州菜骨蛇多，很少见毒蛇。"

我坐在乡卫生院急诊室的长椅上被观察了一个下午。我妈和医生不断地走到我面前说："哪儿不好受就赶紧说。"

只是越来越困，眼睛有点睁不开，我醒过来时已是第二天上午了。家里熟悉的环境让我轻松许多。我妈在我身边坐了一夜，她看我睁开眼，又问我，哪儿不好受？我没有说话是因为搞不清该说哪里不好受。一直庆幸捕蛇者没有死于蛇毒。那次经验还告诉我，比死更可怕的事是等着死去。

丢魂的人

一

我们马州最早的时候是蔬菜种植区，负责给城里提供当季蔬菜。到了时节，除了灰房子，就是一片墨绿色。本地的蛇大多是这种墨绿色纹路的，一米左右长。我姥姥起菜时见得多这种蛇。有时候，手心凉凉的，一激灵，大叫一声，扔出去就算了。

那年秋后的一天，姥姥决定去一趟磨坊。临出门，还让姥爷打出了一袋麦子，独自推上独轮车就走了。

姥爷没发现，她回来时神情有些不对劲。第二天黄昏，姥爷从生产队回家，不见姥姥，就问我妈："你娘哪儿去了？"

我妈年纪尚小，手指远处，说了半天："西……西边……西。"

村子西边有一条大路，姥爷就是在那条路上追到姥姥的。

等她不挣扎了，他再把疯跑的姥姥扶回家。

当时，作为生产队骨干的姥爷不得不请了假处理这件事。好像什么也不记得的姥姥跟正常人一样，坐在炕头，做着针线埋怨他：

“这得损失多少工分啊，你老盯着我干吗！”

到了时间，姥爷观察到姥姥的眼神就不对劲了。放下手上的针线，自己移到墙角，然后趴在柜底，头贴着墙缝。姥爷上前拉住她。姥姥的身体在姥爷手里，变得像铁锭子一样，异常僵硬。按说不应该，姥爷是老车把式，摆弄骡马般，使出浑身力气，也没能阻拦姥姥，光着脚，破门而出。

在那个年代的乡村，很多类似说不清、看着怪、治不了的病，都被称为“癔病”。姥姥得了“癔病”之后，姥爷也去找了几个风水先生，也没给出说法。

每次，姥爷把姥姥从西边的那条路上扶回来都累得连呼带喘。等姥姥的眼珠不再乱转，姥爷轻声地问她：“是不是又看见啥了？”

这时，姥姥有气无力地说起那天在磨坊石盘上看见过一对蛇。乍一看还以为一条蛇两个头，吓得够呛，就在地上搬起一块石头，砸了过去。

姥爷总结出了姥姥发病的特征——在日头将落未落，黄昏尾声，沿西边那条大路，一直向西跑，见了水，才停下。

那些天，头沾枕头就睡的姥爷，也睡不着了。姥爷怕姥姥顶着这股邪气，万一投了河呢！

老哥们儿提醒说，向西跑，你想想西边有啥。还有知道姥姥得了“癔病”的乡邻，也探问恢复正常之后的她，在西边看到了啥。她说，知不道，就是浑身一热……

这事让一个平时没什么人知道的农妇出了坏名。姥爷安慰她，她就把自己关在屋里哭。

又一天，快黄昏的时候，姥爷从外面急匆匆赶回家，进屋就看见姥姥的面前，摆着一段绳子。

“快把我捆上！”姥姥把身体也凑上去，“省得再出去丢人！”

姥爷不舍得把绳子勒紧，姥姥曲折身子，一团一拱，差点儿钻出绳套，吓得姥爷赶紧又按住她，两人累得爬不起身，总算熬过了那段时间。后来，他们商量，这样不行，姥爷必须狠下心来，他拿出了绑牲口的绳法，才彻底把姥姥绑住不动了。

将近一个月时间，每天同一时间，姥姥都会被绳子紧紧捆着。

我妈说，捆着也不老实，急了，还伸舌头，颠屁股，整个人由炕头颠到炕尾，嘴上不闲着叨咕：“嘿呦，累死你，嘿呦，累死你！”口号一样。

熬到天黑，姥姥整个人就瘫软在炕上，像蜕了一层皮。

后来，到了时间，姥爷就回家绑姥姥，过了时间，就松开。这样一来二去，好像就没那么大反应了。按姥姥恢复正常后的话说：“那不是我，你说的是一条菜骨蛇啊。”

姥姥为啥忽然不疯跑了和开始怎么就疯跑起来一样，没人解释得通。这事发生过以后，她对蛇有没有新认识，也没人知道。

二

可以知道的是，妈妈生在一个贫穷的家庭。姥姥让她早早学着养羊、种地、起菜，小家不大，活计很多。小学二年级，我妈就光荣“毕业”，在家担起了一份“大人”的责任。家事多杂，本来已经领取的三年级课本也点火做饭了。

每天早早起床，干完活儿，羊们也等急了，咩咩叫得人心烦。姥姥坐在屋里一骂人，我妈赶紧趁别人吃午饭时，赶羊出了门。

到了外面的羊们，不劳指挥，自己闻着草味就撒开步子。我妈一路小跑追到村东的下野地。正午时分的坟地一丝风都没有，她倚一棵树觉得头晕。等再睁开眼，几只羊已站到了远处的坟头上。越喊它们，它们越拿出一股犟劲往坟地深处走。我妈蹚草追了进去，最后还展开了拉锯战。快抓住山羊时，她感到脚背一阵凉。一来二去，天色有些晚了。山羊被擒后的态度是良好的，低头认罪一路没抬头，直到进了羊圈还在反思。我妈赶紧关好篱笆门，进屋洗菜，准备做饭。做着做着，我妈一头栽在了地上，昏死过去。她一睡不醒，每天只喝一点水。姥姥紧忙下炕说："我去找找武大娘。"

正午阳光直射下来，武大娘叫魂的声儿在那片下野地上荡开了。她一只手拿着桃树枝，一手拖着一碗水，叫着我妈的小名，在草地走动，那只公鸡果然神奇地叫了一声。头天，我妈没任何反应。转天，武大娘头顶日头，又去了第二次。

姥爷不信这些，自打姥姥得过那次"癔病"，也并不拦着她信这些。他也听说过很多关于武大娘的传闻，乡间就是有这么多常人想不透的事。他想，过几天闺女不醒就上医院。巧的是在第三天中午，我妈吧嗒吧嗒地，睁开了眼睛。

很多人回忆说那年气温奇高，武大娘岁数那么大，天天去喊，晒得跟土一个色。村子里连续好几个孩子都在那片下野地里丢过魂儿。

除了我妈，我后来还认识一个叫银枝的人。在我们相识之后的一天，她忽然和我说："你那个该死的小叔现在怎么样？"从这就说起了当年我小叔把一条蛇套在她脖子上，把她的魂儿吓丢的事。在村东一片静静的下野地里，武大娘用了五天时间才把她的魂儿叫了回来。

去拜访这个武大娘的时候，大娘已经很老很老了。她记得银枝，却想不起我妈。她说，都是你那个小叔！哎哟喂，他年纪大了估计好多了吧，小时候那个惹事啊！

——同村的银枝回到家，也是好几天不醒。我去给她叫魂。叫魂要端上一碗水，带一只公鸡，日头正头顶时出现在丢魂的地方才行。你要在阳光最直的一刻把那碗水准准地泼一半在那些草上。然后端着剩下的，等鸡叫三声，赶紧回去。银枝床头早已搭好一条红裤带，你把水倒在裤带周围的地上。不光这样，在阳光下一边泼水，你还得一边喊：姑娘哎，快回哎。天热哎，家凉快哎……魂长了耳朵，听得见喊话。武大娘说喊到第三天，嗓子喊哑了。银枝却还没醒，真急死了。你这惹事的小叔。哑了还要喊。五天头上，银枝家来人带着一包果子、两瓶橘子汁，报信说孩子醒了。

城里的小叔因为调皮捣蛋，被送回老家上过两年小学，这两年里到底吓丢过多少人的魂再也不能清算。还有，武大娘叫过魂的当事人，算一算这几年也死得差不多了。

三

我七八岁的时候，上学的路上要经过一个陵园。在我的印象里，陵园大门始终关闭着。小时候，就觉得神秘。有一次从那里走过去，看它虚掩着，门缝里有一群白衣人在一个带黄色小门的房间里进进出出，还听到声调特殊的哭声。当时，我伸着脖子，想进去看看，被我妈一把拽住，吓唬我说，里面都是死人!

一天天长大之后，那些白衣人在小房间里说什么干什么，就成了我走进去一探究竟的动机。十一岁的一个下午，我终于走进了那间带有黄色小门的房间。无数个红褐色的小盒子，整齐地摆在桌上，每个小盒上都写有名字。我没找到我爸的名字。园子里弥漫着一种有些呛人的烧纸味。进入陵园前设想的逃跑没有发生，我在里面一个人也没有遇上。

往后很多年，上学经过的路还是那条路。有时，我妈和我一起走过陵园。当她再说“里面都是死人”，我还假惺惺地，装出一副恐惧的样子。

陵园后身有一片坟——村里的老人叫它曹家坟。后来这片坟地越来越小，周围都成了田地。它距离我们新村很近，却不埋我们村人的尸骨，属于对面村庄曹姓大户的专用坟地。稍微长大一点，自己上学，有时为了抄近路，就从坟地边的这条两旁一人高野草的小路穿过去。

夏天，坟会被草挡住，抄近路走的人就多。我不喜欢和别人一起走，每天都是早一点走进草地。冬天，这些草枯败下去，露出旁边坟地，敢从这里抄近路的人就少了。有那么几年时间，我一年四季都自己从这里走着去上学。

有一年夏天流行养蝈蝈，我立刻想到野草疯长的曹家坟。刚走过了陵园，就听到远远地有蝈蝈的叫声。往草里走去，小路陷在两旁的高草丛中。越往前走，越听得到一阵一阵唧唧声。炎热的中午，没有风，草也不怎么晃。蝈蝈的唧唧声偶尔响起，还没看清在哪里，又不叫了。后来我发现，只要蹲下来，蝈蝈的叫声就又响了。我小幅度扭动身体，控制脚步，让身体摩擦草的声音，越来越小，两旁的草动的幅度也越来越小。在那个夏天，我学会了一种在草中穿行、几乎不发出声音的技巧，也捉到了不少蝈蝈。有一次，一个老欺负我、年纪比我大的男孩从这条路上经过，我在草里故意一下把他撞倒了。整个过程，迅疾而奇妙，谁也没发现我。那个男孩走出草地时，鼻子上流着血。别人问他，他说好像是被草刮倒了……

之后每到夏天，我总在别人睡午觉时跑到曹家坟的草里去玩。直到有一次，我正蹲在草里等蝈蝈叫。草中忽然传来一阵“呲啦呲啦”的声音。拨开草，我看到黑影一闪，当时就追着声音跑到了坟地里最大的一个坟头前面。

坟上有一个脸盆大小的洞，一节人腰粗的蛇身子，小半部分露在坟外——蛇正往里面钻。褐色，菱形纹，接触地面的皮黑一些。我蹲在坟边，一言不发，等大蛇钻进洞里，就捡了木棍走过去，往里捅了捅，然后在洞口堵上了一块大石头。

我记得那次从陵园里跳墙出来，路过曹家坟时，还特意去看了看大坟上的那个洞口，石头还在上面塞着。

有几次，我和同学抄近路，我说，那边有个大坟，你们看！他们说看见了。我又说，大坟里住着一条大蛇！说到这儿，有的女同学胆小，赶紧加快脚步。嗖——嗖——嗖——等我再说啊！你们听！她们就大喊着，飞跑了起来。

我真怕她们把魂儿也跑丢了，那样我回去就该挨打了。

再长大一点，我骑自行车上学，就不走这条小路了。大路与陵园也有点距离，只看得见坟地一角。每次，从那里路过，我都有冲动想拐进去，看一看那个大坟头。

捞尸的人

马州原来水就多，小时候每年夏天都有几个一块玩的伙伴淹死。从活蹦乱跳到一身惨白，最快是十五分钟，我记得很清楚。我和张满义在我家门口相约十五分钟后塌陷坑见。我到了塌陷坑边没找到他，正脱衣服准备下水时，看到远处跑来了一群大人，然后纷纷跳入水中。听到有人哭喊着名字，我才知道是张满义沉了底。

这片塌陷而成的水坑，深不可测。之前，跳下去的几个人都空手游了回来。那是我第一次听到人群中有人说到“么尚山”这个名字——“么”姓在我们那儿很常见，读“yāo”。

这个中等个头儿、穿着大裤衩、光着膀子的中年男人，摇摇晃晃地，走到水边。刚才下水捞人的年轻小伙子着急地说：“哎哟！可算来了，您快下水吧。”

么尚山不着急，抬头看了看水面，一摆手，不用着急了。这一摆手立即引发了人群中的一阵骚乱。张满义他妈哭喊孩子名字的声音更大了。么尚山回头看了看，示意人们快把家属带走。

看上去长相、身材都没有任何特点的么尚山，一猛子扎下水。过了好一会儿，大家在水边，看着水面，始终没有动静。我记得那次时间特别长，周围的人又开始了骚动，都说赶紧去找人啊，么尚山好像也沉底了！

直到远处的水面上露出一个小脑袋，周围的人才松了一口气。大家也看傻眼了，离近点，才看清他呼吸平静，散步归来一样，朝岸边走来。

老人们说起捞尸的人，都还记得么尚山。就是这个人，把我的小伙伴张满义的尸体从水底捞了上来。从此，我也记住了他的名字，和他的本事正好对应——上山和下水，他下过马州几乎所有的水域。

我上中学的时候，有一次警察开车载着犯罪嫌疑人到马州最大的一片野水塘指认沉尸现场。那片水塘自然形成，水面广阔，长满芦苇，漩涡众多。看热闹的人把消息带回村子里的时候，市区打捞队的人带好所有装备下水，已经打捞三四天了。

他们也去请么尚山来试试，那时他已经上了岁数。打捞队员全是小伙子，几天打捞无果，累得瘫在岸边休息。么尚山下水之前，看了看水面。打捞队员递给他氧气瓶、泳镜，他一摆手："知不道这高级玩意儿咋用啊！确定人在这片水里？"

现场指挥的警察说："确定，女尸身上绑着水泥块。老么你还需要啥？能不能捞上来？"

么尚山没有回答能不能，而是说："要一样东西，要不这么多人不太合适。"回头看了一眼，岸上聚集的人。

警察和打捞队员都好奇他要什么。原来，他下水都穿普通内裤，一直没泳裤，这次他看水塘的情况复杂，内裤阻力大，容易绕在水草上，就想搞个高级裤头（泳裤）穿穿。

么尚山穿着泳裤下了水，一会儿就从水面消失了。全体打捞队员岸上待命。水上没起一丝波纹。打捞队的人先急了，人不可能在不带任何设备的情况下，在水下这么久。么尚山打破了他们的经验，甚至某些科学理论，他在水下的时间没有人知道到底可以多长。只知道他浮出水面时，先露出了头，然后是上半身，看上去轻松的样子似乎什么也没捞到，警察有点失望。

等水到他腰部时，打捞队员喊道："快看，快看老么的右手！"

么尚山右手攥着一个脚脖子。随后水上又露出了一个惨白的脚掌。后来，他好像还协助了不少案件的打捞工作，不仅在马州，还坐着警车去到外地。他的本职工作也慢慢被大家忘了——他高中学习成绩很好，夸庄子大专班机械加工专业毕业，是那年头为数不多的中级车工。

养羊的人

我从小看得最多的是，每天下午三点二十三分从我家门前小路上经过的羊群，最嫌弃的是出门之后一路的羊屎疙瘩。印象中八柱子始终走同一条路，把羊赶到同一块草甸子去放。后来，问他为啥非从我家门口走，他嘿嘿笑着回答：“羊喜欢咧！”

我们两家关系亲近，八柱子喊我妈三嫂。我不管这些，只要在门口踩到羊屎，就在心里骂：“你妈 × 的八柱子！”

八柱子天天在野外跑。还有石榴河边的芦苇，草甸子里的野兔，院外树头的槐花，等等，都让我觉得有个地方，无论是哪里，一定有个地方比我的屋子、我家院子、我们村子加起来还要广阔。

乡亲们没几个识字，在他们看来，书和他们的牲口、田地相比，显得神秘无解。有几次，放羊的八柱子都会探头，敲敲玻璃，吓吓在屋里看书的我。记得有天，他忍不住，走进了我的屋子。

“嘿！书生，问你个事啊，整天看这个有意思？”他一边在屋里转圈走，一边扫视堆在桌上的旧书。他还说，第一次看到那么多纸。

那年是我辍学第一年的夏天，我每月看很多本，这一桌子旧书没几天就会看完。八柱子说我像他那只饿死鬼托生的羊，看到了草。

看书和看羊没有大差别。这些牲口可以带着我小时候的目光接触院子以外、村子以外的世界。总有一天，它们也会陆续从我的生活中消失，而外面的世界会越变越大。对于我来说，看过的书组成了我一段时间的生活，相当于八柱子的羊圈。在一些没有书的场合，夹在一众人中的我，往往不知道说什么。养羊的八柱子就是这样，说到汽车、房价，他都一脸恓惶，吧嗒两眼，样子很委屈；而谈起他那四十七只羊，却可以陡然间变成一个跋扈的“将军”！

近几年，八柱子得了血栓，腿脚有些不便，脑子也变得痴傻，羊都卖了。羊圈改造成洗澡间，膻气的回忆一点没有剩下。我偶尔上街会遇上他，每次这家伙都扭动身子，脚擦着地，移向我，在我耳边小声问：“嘿！书生，你还看书吗？”等一会儿，又眨巴着两眼，自顾自地说：“我啊，我可早不养羊咧！”

造字的人

算命的、算账的、教书的，不分男女，在我们马州都会被人尊称一声“先生”。从小我就知道，凡是跟字扯上关系的人在大家心中都能得到尊重。也是从小适逢村上婚丧嫁娶仪式，我妈都爱带上我去账房见识见识。有时，她掀开窗帘，我就会看到好几个人围在那个神气的人身边说着什么，他就是乌先生，村子里那几年最有名的人。出自他之手的“驾鹤西游”四字也占领了那段时间四里八庄所有的灵棚。

我最早知道“先生”就是在村里的丧事上，负责记下礼钱、写几张灵棚上的条幅。我就在想，写个字有必要这么神气吗?

这是我对写字比较早的记忆。后来，我追问过字的本质是什么。

——“白纸黑字”“好脑子不如烂笔头”等，都是为了留住记忆而使用的工具。

从这里开始，追溯“结绳记事”“契木为文”，太麻烦的记法，最后都作废了。再说，记在绳子、竹板上的，还不叫“字”。大事绑大结，小事捆小结，有关的事在几个大小绳结之间，套上连环结。时间一长，一绳子疙瘩——结绳记事时代里人们大概心情不会太好。想回忆的事成了一团乱麻，怎么会心情好？这才动刀。在木竹上刻符号培养出了一群雕刻家，事越来越多，再快的刀工也跟不上。年代久了，“事”也随之腐坏，没得流传。叫人说不清竹板上深浅不一的一串事到底讲了什么，可惜。

黄帝身边的史官众多，仓颉可能也没那么重要吧，小官儿一个。不过，聪明能干，老天给他降下大任。造字的历史和他有关，这个没有争议。全归到他一人头上，鲁迅先生觉得不妥：“仓颉也不是一个，有的在刀柄上刻一点图，有的在门户上画一些画，心心相印，口口相传，文字多起来，史官一采集，就可以敷衍记事。”也就是说，文字是由许多像仓颉这样的人慢慢丰富起来的。

说到仓颉，黄帝因他造字有功，很器重他。他是个年轻人，难免自信心膨胀，造字越来越轻率。发现苗头不好，黄帝马上召来一个胡子上打了一百二十多个结的“老资历”——

表示一百二十多岁的人来商量，要管管这个人。

老人奉命去找仓颉聊聊，他们见面之后有了这段对话——

他对跷着二郎腿的仓颉说：

“小先生，所造之字，家喻户晓，我老眼昏花，几个字还糊涂着……”

仓颉继续抖着脚。

“你造的‘马’字、‘驴’字、‘骡’字，都有四条腿吧？牛也有四条腿，你造出来的‘牛’字怎么没有四条腿，只剩下一条尾巴？”

原来是这样：造“鱼”字时，写成“牛”样；造“牛”字时，写成“鱼”样；还有“牛”字与“半”字也被后人认为是个错误。仓颉知道这些之后，也有借口，他说自己可能是累了，有个恍惚，还能怎么办？

老人跟他说了一些流传出去的影响，结果是怎么办都没法儿弥补……后来仓颉也意识到自己做的事是开创时代，极其伟大，于是认错，从此在工作上越来越认真，终成一代楷模……

一个人懂的太多就会发现，不撒谎很难。史上某些属于“记得一团乱麻的事”虽不是故意撒谎，也只能作为戏说，包括上面这个传说里记载的事，谁也想不到剑拔弩张、严肃至极的一段“造字史话”成了一个励志的故事。

以前不注意，最近听人重提仓颉造错字的事，如“出”字和“重”字，把读音给定混了。说什么“出”字，示意两座山堆起来，分明是（沉）重，于是应该念“重”。我可不可以理解成，指着一个方向，像两面小旗子？而“重”字上下拉开是“千里”，意思上是“出”。那多加把力气，多拆一点，就是千、田、土，无一不是让人觉得有重量的实物。

这样看来，我们加大戏说力度，仓颉也可能没造错。人的理解不一样，功过都不是仓颉一人。退一万步，习惯上有东西先用着，和有绳子先打结，有竹板先刻着，有事先说着，都是一个道理。

前段时间，同学的爷爷去世，临死嘱托要办马州老式丧礼。现在的年轻人不懂老规矩，只能去找岁数很大的乌先生。那天，我随他们一起去请。手笔相应的乌老先生自顾自地说自己老了，早过时了，字也写不好了。推辞不过，我们无奈地要离开时，他才轻描淡写地说：“这样吧，实在没有先生的话，我先做着……”这话又让我想到了他当年的神气劲头。

铸钟的人

马州之前有过一座寺院。寺院建成不久，铸匠赶着大马车，拉着模具、大个儿火炉，一行四人就从很远很远的地方来为龙泉寺铸钟了。

方圆几百里大大小小寺庙里的钟都由他们铸造，出自他们之手的钟声最为美妙洪亮。这四个名铸匠自然引来了十里八乡人的围观。大伙很好奇几个矮个子是如何造出来一座两人高的大钟的，人群中甚至还有一个抱着孩子的妇人，伸着脖子，往里看去。

他们四人都是矮个子，有的烧火，有的擦洗模子，有的对着空中悬钟的位置若有所思地吸着旱烟。

铸钟时辰尤其讲究。围观的人里有人指着那个吸旱烟的矮个子说：

“我看……时辰还未到。”

大伙不约而同地“哦”了一声，继续等着那个神奇时刻。

时候长了，天色晚了，妇人怀中的孩子开始烦了，就哇哇大哭。哭了好些时候，哭得大伙也开始不耐烦。有的人，看一眼烧火的大炉子，又扭头看一眼孩子他妈，瞅得那个妇人一直不敢抬头。等四个矮个子把炉火烧到最旺，孩子的哭声还没停。这时，那个吸旱烟的矮个子猛地起身，一声号令：

“开始吧。”

铸匠们终于开始，孩子妈这时有点看不下去了。她有点不高兴，脸上铁青着。看个热闹，却平白遭了陌生人的白眼。于是，她瞪着眼睛，挥着手臂，对孩子说：“再哭，再哭就把你扔里面！”

这一声有了效果。孩子不再哭泣，而是瞪圆小眼睛，看着妈妈手指的方向。只见四个矮个子叉着腰，单腿站在模子边缘，三个人一人一只手撑住铜水盆，往模子里浇。这姿势，让围观的人又异常兴奋了。他们欢呼着，眼睛里放射出火一样的光芒。谁也没想到，等了半天，撬开模子，芯竟是碎的。那团火慢慢熄了。在他们黯淡的眼珠里映照出那个抽旱烟的矮个子，他坐回原位，脸上露出了不同于开始时的神情。

“刚才谁说把孩子扔进火炉？”忽然，他向人群发问。

人头攒动一会儿，一个声音：“是她！”

在那个妇女还不知如何是好的时候，人群自然地分开了，像河水有意暴露出一块鹅卵石一样，将他们母子晾在了那个矮个子的眼前。他放下手里的旱烟，朝她走了过来：“现在钟铸不上了，明天我们还要去别的地方，你耽误不起。说了就得做，趁早扔吧。”妇女看情势不妙，转身就跑；她一跑，另外三个矮个子也放下手里活计，四个人一并追出了寺院。

当时，来看铸钟的人们都蒙了，还没来得及搞清怎么回事，钟就铸不成了。一部分人骂着街，回了家；还有一部分人等了好久，不见人影回来，悻悻地散去。

妇人抱着孩子跑，孩子哭，身后的人越追越近。最后，孩子的鞋被跑丢了，孩子立刻止住哭泣，开始大喊：“我的鞋丢咧，我的鞋丢咧。”

大约凌晨，大部分马州人是心满意足的，不用再走五里路，躺在被窝里，竖起耳朵，他们就知道龙泉寺的大钟铸好了。因为，他们听到了钟声，只是声音与传说中不一样：

“铛——我的鞋丢了咧。”

“铛——我的鞋丢了咧。”

……

说书的人

说书人的竹竿在石路上敲出的声音，总是比他本人早到我们村子。他耳朵特别好使，记准了村子里人的声音，每次说书之前总会跟来的人说话，某某来啦！本以为是胡乱应承，一天大伙故意哄他，人齐啦！老瞎，开说吧。他坐在人堆里不说话。这时爱听他说书的一个青年小跑出了街口。他扭过脸，叨叨，人这才齐了。有人就问，哟呵！老瞎，你猜他刚干啥去？等那青年到了人群中，有人就哄闹说，老瞎说了，你和新媳妇大白天不闲着。

这天半夜，小女人翻身去抱他。他推开女人，巡视一番，小声说：“下午，老熊真他娘神啦！”

老瞎姓熊，是后天瞎的。六岁高烧一夜，醒了就再也看不见了。他娘没见到他现在四处说书的样子，他爹给他找三弦师父时，他也不喜欢。当年，他家的境况还没破落，有个大园子，里面种着石榴，后来树们“走亲戚”，搞得一个春天下来，园子整个儿成了它们的天下。爹娘一死，园子荒了，被人买走，老熊眼瞎着，不得不学起了三弦。

老熊曾见过这个世界的模样。

现在，他手上的三弦是当年家里有钱时他爹给他买的，“身儿”跟他胳膊似的黝亮。他说，这是漆过的。时间一久，汗也是漆，手不知在上面摩挲多少遍。来来去去，吱嘎吱嘎。有人神话了这个讨生活的工具，搞得马州人对老熊的弦子动了好奇心。

三根弦儿是不是虾线儿拧的？

虾线儿是一种极细的线，因产地盛产虾而得名“虾线儿”。河虾活泼、机灵，要拿线拴。线儿自然得结实、细致、耐磨，等等。附近村民拧线儿外卖。最早，一个说书的（不是老熊）进了村子。拧线女追着他听书，认认真真，一个礼拜，他走时身后跟了个挎篮的女子。两人沿河走，女子一路拧绳拴虾，卖钱过日子。晚上，说书人给她拉弦子听。

他说书讲究开场的手板和脚板。脚板是占一方宝地，手板寓意不动手接钱。捆扎脚手板——都是木制，手板只护着手掌，手指露在外面——对他来说有些麻烦，他仗着一个感觉捆扎。捆停当，手拨三弦，校音。吱嘎一声，不对，拧一拧。外人听着差不多不行。

老熊在一户人家门口说书。天亮到麻黑，说一整天书，拉一整天弦子。没人怀疑他说的江湖奇事，但大家更喜欢他说“真事”。

老熊说过一个老头儿病很久，有一天，将儿子、儿媳妇唤来床边交代后事：“你娘死得早，我伶仃一辈子，现在陪她去……那年河边的女子，你娘不让……我随了她……不多说啦……”老头咳一声，背过身去。人去世了。亲眷吊唁之后，匆匆下葬。出殡的下午，飘着细雨，棺将入土，下棺的人在坑边伫立，忽然一个踉跄，一个挨一个，喊着“啊”，跌倒在了一旁。不料，棺材裂开了，众人一愣。棺材是空的……此后，议论了一阵，怪了怪了，再无消息。

弦子继续响着。有人往木箱投钱。他不“看”你，心里数着四、五、六……有时拧着眉头，把弦子拉出一个亮音儿。这时，一个女人给他送上一杯水：“来喝杯水啊！”

老熊问：“孩儿还没下学？还不快瞅瞅去！咱接着说这老头儿的故事。不久，他大儿子过河办事，在镇边桥头停歇。也巧，一只船自桥下河水里西去。船上站着一个老头儿，一个女子。老头与其父长得很像。儿子在岸边喊老头儿。老头儿向他摆手。人在桥上，船在水间，老人的船越飘越远。”

老头儿没死？逃出来了？是他老父吗？是，我看是，要不咋跟他摆手？不是吧？老熊咕嘟咕嘟喝起了水，没有继续说。明明入了棺，你刚才是说入棺了吧？还是没有说话。

他在等刚才给他送水的女人的儿子。第一次来村里说书时，孩子还在母亲怀里抱着。他觉得孩子和自己小时候，说话、走路一个声儿。每到黄昏这个点钟，他但凡到这个村来，就想听到那孩子的声儿。

忽然，他抬起了头，弦子吱嘎一响。看来孩子进村了。

拉电线的人

我爸生前是个电工，春夏秋冬，腰上永远别着个牛皮做的套子，里面永远插着几把锃亮的钳子和螺丝刀，人一动，就叮叮当当地响。搬迁之后，新村里大半人家的电线都是他拉的。他熟悉每户人家的线路，电路坏了，除了他，往往别人无法找到埋在墙壁里的电线。隔三岔五，就有人来找他修电路，他都很高兴，放下手里的活儿，就叮叮当当地去了。他是一个很好求的人。不用别的，管一顿饭就可以。

有趣的是，别人家的电线从没出过问题。拉电线的人自己家却差点儿失火。

当时，我爸送兵回来，我妈看他在屋里没事干，就让他在灶前烧火。突然，电线就联电了，火苗眼看烧到了屋檩，他从后窗跳出去，赶紧拉了闸。

西房山（墙上）的痕迹到我上中学了，还有涂料遮不住的一道淡淡的痕迹。

除了对这件事的埋怨，还有就是之前我妈对他把建到一半的房子扔给自己有意见。

建房的那段日子让我妈吃尽苦头，还好最后建好了。我妈骑车带我去买材料，回来路上曾被一辆卡车挂住自行车手把拽出了五十多米，狠狠地，甩到地上。类似意外在新房建好后的一两年里时常发生。甚至在我爸去世后又接连不断地发生，它们统统都被我妈记在了我爸账上。

我妈对我爸的感情是这样一笔一笔记下来的。

当然，我爸唯一的照片也与他年轻时在村里管送兵的背景有关。我长大后，村子里一些和我爸认识的人给我送来一些旧照片。照片上沿带有“新风井公社马庄大队青年欢送 ×× 同志入伍留念”字样，相似之处包括我爸身穿军服时拘谨的样子和略带慌张的眼神。

据我所知，我爸除了是一个拉电线的人，还是村里的一个青年骨干。有人说他是民兵排长，管送兵、召集大家聚会的事——每张入伍合影里都有我爸。我妈说是不是排长不知道，就记得每年秋季征兵，他这个工作都让我获得实际好处，就是可以去外面吃一顿好饭。

现在，我与他的重逢除了每年祭奠时，就是在看这些别人入伍时拍的大合影前了。

第一次拿到那张残破旧照片，我一眼就在众多张陌生的面孔中认出了他。之前，我从没看过他的照片，觉得自己知道他的长相，却又怀疑自己。认出他的那一刻，真的很神奇！那之后我为此写下了一首叫《寒衣帖》的诗，说的就是看过他那张照片的那年冬天，自己再去墓地烧纸，内心有了微妙变化的感受——

这个人形成了我一生的伤害
消灭了我的勇敢
他让我脆弱地苟活至今
既不敢去死，也不敢去快乐
更不敢在这个漆黑的世界里发光

开大车的人

我从小喜欢去河边看水和在公路边看大汽车。从我家门前走出去不远，就可以看见那条坑坑洼洼的乡村公路上的车，当年经过这里的大车还不多。

“大车”是我们马州的叫法，大卡车、长兜挂车、个头很大的运输车辆，统统被我们认为是“大车”。开大车的人都很辛苦，当然赚钱也多。小时候常常盼着表哥来，那样我就可以坐上他的自行车，和他一起去远处的车队看大车去了。那时候，表哥特别喜欢大车。他双腿叉在地上，扶着“小车”，眼睛对着车队里的大车看，目不转睛。我连淘汰下来的“大二八”自行车也没有。虽然，它没有铃铛，骑起来哪里都在响，碰到紧急情况都要先用嗓子大喊……每次，表哥都是骑着这辆车笑嘻嘻地示意我上车。那个瓮声瓮气的声音说：“喂！上哪儿啊？”

每次，他都是听我的。喜欢去田野，他就“驮”着我去田野；喜欢去河边，他就“驮”着我去河边；想去看大车，他就“驮”着我去远处那个停满了车的大院子。

村子里人看到一个大一点的孩子，有点吃力地骑着破烂的自行车“驮”着我过去，就担心地跟我妈说：“你真敢撒手！”

我妈却说：“他表哥办事稳当，不用担心。”

多少年就这样过去了。

二〇一六年四月十八日，我妈接到表姐打来的一个电话，电话里说：表哥没了。

我妈回说：“上哪儿去了？那还不赶紧找找！”

我们都以为表哥和家里闹脾气，躲到哪里去了。后来，我看到我妈拿着电话的手开始发抖，才意识到“没了”的意思，是从这个世界消失了。

表哥去世后，我妈特别伤心，几乎难以自控。很多人不能理解，包括我。其实，我妈在表哥长大成人后也很少见到他。她只是在青春期照顾过他，后来嫁给我爸就没那么多时间在一起了。

小时候，我和表哥见面还多一些，长大后一年见一两次。我妈平时也不太跟开大车的表哥联系。各自家庭，各自生活，很多东西没有交叉。我们很亲近，但不太表达，可能是觉得血浓于水吧，不用一直表达。

我的房间有一扇大窗，窗外是一片长满了枯草的田野。平时，表哥跑长途，春节时候见了面，格外亲切。二〇一五年过年时，他到我家。我看他一脸疲惫，可能是开夜车刚下班——对于一个开大车的人很正常，我没说什么。他是一个不太会表达的人，不问从来不说。

就在这一天，他忽然无奈地说："唉，真不想开大车了，你说我也知不道干啥去，这一家老小的。"

这么多年，他的工作就是开大车，从来没有听他说出过不想开车了。那个表情和我记忆中小时候一起去车队看车的表情，完全不一样。

我们说这些话时，窗外的田野一片漆黑。如今，荒芜的田野已被建筑工地取代，日夜灯火，大车进进出出，声响不断。

十八岁开始开大车，三十八岁去世，整整二十年。他这一生，是忙，是累，是无奈，都和大车挂在一起，就像我与文字、我妈与漫长的愁苦。

此时此刻，他在我心中的印象，依然强烈。我坐在同一个房间，同一个位置，还能清晰地回忆起那张向窗外望去的侧脸。

不存在的人

墓碑上刻着生于一九六〇年三月，卒于一九八七年七月。如果不是证据这么确凿，我始终不确定有过这么一个人。他的形象全部是我妈和村子里人跟我描述出来的，说来有些伤感，我对他一点记忆都没有。村里人描述他时，像刚见过面、聊过天似的。有段时间，我就觉得这个人一定偷偷躲在一个我看不见的地方，过着自由，甚至有点不负责任的生活。

这个看不见的地方有着和我记忆中那个村庄一样的街道、房子、院落、水塔、田间、野地。有一次，我去野地放风筝，遇上一个人。等我回到家，就跟我妈说，看见刘叔了。我妈问，哪个刘叔？

我告诉她，就是和他一块儿上班的刘叔，来过咱们家，他说和我爸刚才在一起呢。

当时，我妈的表情一下僵住了，赶紧走过来，摸了一下我的额头，对我说："他啊早死了，你爸跟他们一样！都说不让你在外面睡觉，受邪风就坏啦！”

现在，我才注意到我妈说起他的时候，从没用过“死”字，都是说：“谁谁死了，你爸跟他一样。”

一方水土一方人，我的童年是与大地开裂、故乡淹水同步的。那时出入野地，捉蛇打鸟，玩累了，就睡在水边，有几次被苇丛深处的说话声吵醒。我睁开眼，拨开苇子，看见的却是一片空空的水面。我想过跳下水，因为我相信去水底的故乡可以找到他。有一次——只有那次，当我走近苇荡子，我看见苇荡深处的一块空地上站着一个人，白衬衫、喇叭裤，戴着一个碎了镜片的墨镜，和我妈描述的他完全一样。他周围还有几个看上去长相也很熟悉的男人和他说着话……

这些年，关于他的话题，偶尔还会出现在我们母子之间。我妈的描述也开始起了变化。小时候，她会以那个拉电线、送兵的人为开头说他的故事，现在则像谈一个陌生人，语气平淡到让人怀疑，世上不存在这么一个人。

治不好的人

马匣他爸是个游医，年轻时候，一人走遍马州。这一遍走下来，外人开玩笑说他脚力比医术好。

他爸却说：“走江湖，走江湖，脚力不好怎么走？”

马匣从小随父走江湖，二十几岁起脚力就已经很好了，他这一遍走下来的体会是行医倒像是随便而为。

他爸却说：“行医，行医，医得不好怎么行？”

马匣也是后来才想起这句话的。他爸老了之后，脚力也越来越不行，干脆找个地方开了药铺，兼给人看病。也是命运不济，赶上一场火，马匣家倾家荡产开的铺子毁了。他妈没有爬出火场，当场死了。他爸一头焦发，爬是爬了出来，一年没过，抑郁而亡。

事发前一天，刚给马匣定下的女人，见马家一夜之间，沦落到这般田地，就被家里卖去了窑子馆，家人挣了一笔卖身钱。后来，女人托人给马匣带过一笔钱——所谓初夜钱，也算还了他马家的礼钱。马匣没驳人家面子，留下了钱。没人知道他一个穷医生，拿票子，揩了屁股。他觉得，这女人不是在帮他，是在寒碜他，后来马匣在龙泉寺里跟佛祖发了一个不再娶亲的誓，他认为自己这辈子该躲女人远点。

马匣为了生活，又开始行医。有一天，几个人在来的路上就开始打听此地可有一个“怪医”？这消息传到了马匣这里，他不觉得自己是怪医。那几个人也没和他解释，等他到了人家府内，才发觉不妙。

生病的人是本地官员葛晨生的公子，病很重，说是小腹疼得要死。四处寻怪医肯定是因为远近的医生都治不好。他早听说这姓葛的，仗着是衙门口的人，常把镇上女人抢去，玩弄够了，就赶出葛府。他去看了病人，之后葛晨生问他：“医得好吗？”

马匣想起他爸的话：“行医，行医，医不好怎么行！”

葛晨生又说：“我儿子久治不愈，多少郎中都没活着出去！”

说着，拍了拍腰上的盒子枪。众人随着马匣进房，他转身出门，让下人准备生姜一块，煮沸。

葛晨生问下人：“你使的是哪门子药？治不好你可要……！”

等接过下人端来的一盆生姜水，马匣让他们下去，只留葛晨生在旁边。

“葛老爷，我这是祖传秘方。”说完，十七八岁的公子被马匣扶了起来，解开裤子，露出生殖器。葛晨生有点诧异，看他把儿子的生殖器放进稍稍凉下来的生姜水中，盆中水哗哗倒流入儿子小腹内。盆里的水干时，公子的青唇也慢慢红润起来。

这时，马匣自己走出了屋子。葛晨生随后追出门，让下人拿银两。马匣收了，要走，站台阶上想了一会儿，忽然对他说：“葛县长，这病下回要是我再来，就不走了。”

葛晨生没明白怪医的话，怪医说话当然也怪。后来，公子老病再犯是在葛晨生强抢民女的事暴露后的前几日，他再次派人找马匣来看病。马匣知道这公子淫乱女性比他父亲更甚。这病就是精尽前兆，上次不好意思挑明。

葛晨生很生气，又问了一遍：“你说治不好，是吗？”

一瞪眼，一屋丫鬟都往后闪几步。回想起上次马匣出门时的话，又想了想自己抢回女人都让儿子尝鲜，似有所悟。随后，两人把马匣架到院中。葛晨生“啪”给了儿子一巴掌，下令把新抢的女人都放了。

外面下着雨，雨声里夹杂的那一声枪响，太轻微了，没人听见。只是不少女孩因为他的惨死，而获得一条生路。

葛晨生的公子没人医得好。后来他就死了。姓葛的，赶上社会运动，也成了阶下囚。按马州老年间的惩处方式，人要被捆在河边的石柱上饿三天，再扔进河里喂鱼。

锔瓷器的人

天暗了，有个人从黄昏里亮上来。那个人就是小鲁，手上提着银灰色的木匣。他是一个走街串巷为大家锔瓷器的人。每天，出门都很早，趁天麻亮，就把昨天没来得及走的街补上。等天大亮，他就该站在街里头喊了。

“锔盆——锔碗——锔大缸——”

小生意人出发之前，都喜欢在马州剃头铺外坐上一会儿。学徒小镏子就给大家免费沏一壶茶。

茶壶就放在一块大石头上。

原来，这块大石头边上有五个石凳——小鲁每次都坐在最靠外面的一个凳子上。剃头铺的学徒小镏子认识了小鲁。

小鲁二十一岁，比小镏子大一岁。

小镏子走过去，问：“咋站着？”

小鲁说：“瞧嘛，座子谁给搬啦？”

小镏子看到小鲁每天坐的那个石凳，根上一断，雨大，给冲走了？

小鲁说："要不谁能有这力气？"

等大家散了，小鲁并没走，见小镏子在铺子里忙起来。他又往远处看，刚走的几个人也拐弯了。

扳了扳石凳，扳不动。歇一会儿，把剩茶水喝掉，又使劲去扳。刹住前倾的身子，"噗"一声响屁。

小镏子问窗边看半晌的师父："鲁提匣咋的了？"

眼前那个奔跑的影子在亮亮的青石板上蹦蹦跳跳的，几乎要滑倒，却一次也滑不倒，奇怪。

小镏子问："谁吓他了？"

师父说："他自个儿。"

小鲁的个头儿像他的胆子一样小，可他却叫"鲁提辖"。

都是因为他黄昏的时候回到家里喜欢照着烛光看图。那是一本带图的《水浒传》。小鲁爹妈都是瞎的，他养家多年。冬天，外出回来，天几乎黑透了。他们有时摸索着生炉子。玉黍皮烧了，旧报纸烧了，剩在家的烂鞋子烧了……小鲁的很多东西都让他们烧掉了。他把《水浒传》藏在柜底下是怕他们烧了，他们摸到什么烧什么。老人怕他回来，遇上个冷屋。他爹妈当废纸烧过他的《水浒传》一回。《水浒传》命大，剩下大半本，从此第一页变成《鲁提辖拳打镇关西》。

小鲁的外号可能就是这么来的。

鲁提匣二十五岁的时候，他师父胡子爷死了，胡子爷无子女。丧事很简单，鲁提匣在丧事结束后，一人推上独轮车，没跟任何人说话，就出去了。

镇上很多人只认胡子爷。胡子爷没了，他们才找到胡子爷的徒弟。他干活的时候和胡子爷一样，不抬头，像大姑娘；钻东西又都眯着一只眼，这个“大姑娘”就难看了不少。往常，大家会笑出声。这次没有，周围的人就那么看着他，一手用东西顶住钻身和钻头，一手推动锯弓子，钻头慢慢地旋转。这次锔的是个瓷盆，他要在上面打两个向内侧斜的洞，铆上锔子，一般锔瓷器的人，干到这里，活儿就差不多了。

胡子爷给徒弟说过，马州锔瓷器的人不少，大家为啥认我们？就是干得比别人多一点。师父经常说的就是“多一点，就满一点”。师父死了，他才明白，“满一点”就是满意点，指着主顾说的，这是生意经。

所以，鲁提匣干活也都是多干一点，他眯着眼，把锔子一点一点挪正，最后用石灰泥，给人家腻上几遍缝隙。到了收钱时，他的头更低，给主顾一份尊敬——他们是因为主顾的照顾才有生意，人带点谦卑为好。胡子爷带鲁提匣做生意的那一年间，除了学活，他干得最熟的就是按脖子。

师父有个独轮车，独轮车上有个小匣，小匣里是金刚石钻头、小钳子、小锤子、小铜锔、石灰泥小包。

胡子爷老了腿脚不好，才开始推独轮车。工作时把车一放，小匣一卸。不仅锔锅、锔盆，还有人找他修农具，他也高兴着呢。锔匠是半个铁匠。

这天，鲁提匣在街边的一角上又支起小炉子，几块炭给它燃上。铁锔子都是自己打造的。他叮叮当当地敲打着那些年下午里的宁静。胡子爷敲敲打打，一直把自己敲老了。很多老人在中午的梦中都能听得见年轻的清脆的声音，回响不绝。

镇上人又看着鲁提匣手提木匣走进黄昏。他们做生意是简单的，走街串巷，有挑扁担的、推独轮车的。胡子爷年轻时也提着木匣，老点的人看着鲁提匣愈来愈小的身影，就像胡子爷又活了，不仅活了，还活年轻了。

胡子爷推着一架独轮车，黄昏时候就能听见木轮子在石板上“吱吱嘎嘎”一通响。后来，胡子爷让徒弟推，鲁提匣喜欢推独轮车。一般人不会推，他上手一次都没推翻过。

鲁提匣的锔活从不漏水。那次漏水的事是一个美好的意外。

那年夏天，他走街串巷地找生意。

“锔盆——锔碗——锔大缸——”

他喊完“大缸”，身后的院里就传来一阵喊声。鲁提匣见很多人往院里跑去。

他也往那里跑，一眼就认出了大缸上的锔子。

大家喊他快救人啊，有人掉进去了，这大缸怎么这么结实，打也打不破！

鲁提匣立刻打开小匣，取出工具，在锯子上敲了几下，然后跳上缸沿，在水里拽住了一只手。手滑溜溜的。

“嘭——”水泻而出。大家把女子搭进屋。事情过去了，有的人笑说：“一物降一物，这水缸就等着小鲁呢。水缸要是不裂，命怕就没了。裂开的那道缝儿救了人命。”

几天后，小鲁傍晚回家的时候，有人跟他说镇上来人找你哩。他在街口，提着个木匣晃荡了好久！他胆小。在街口晃荡，晃荡到他们走了，他才回家。

进门他妈第一句话，就问：“是你救了镇上那家姑娘？”

那家姑娘在那年八月成了鲁提匣的女人。不幸的是女人生娃之后，没几年害病死了，只剩下他和儿子。孩子那么小没了娘。鲁提匣每天到家陪上他看《水浒传》的图画。

孩子跟鲁提匣过这样的日子，瞎爷瞎奶总哭，哭得孩子渐渐发毛了，不愿在家待着，非要跟他出门走生意。

“锔盆——锔碗——锔大缸——”

残破的独轮车也成了鲁提匣的家当。他按记忆中的模样，重新给车的两侧各装了一个木匣。

左侧匣上贴一副老对联，“风吹炉中火，锤打金花开”。

右侧木匣贴着，“君子帮好话，小人莫开言”。

独轮车中间竖一个木凳给儿子坐，后来怎么看，都觉得太“秃”，就贴个“开市大吉”上去。左看右看，上看下看，远点看，近点看，真是这意思！平时出门，孩子的腿就在“吉”字上摆动着。

大家都知道这对父子回来时，黄昏也就该过去了。

这么小的孩子，就跟着鲁提匣一年年走街串巷。有了活儿，孩子就在一边看。手艺都是看出来的，很多人说了不得！简直就像个小锔瓷器的人儿了。

水母保佑的人

大铁马他爸可能是马州历史上最长寿的人了。至今，身体健康，声音洪亮，能活这么久，说这么多话，据说都是因为水母保佑。

大铁马和他爸的性格不一样，他不爱说话，也不像他爸那样干瘦。他的力气很大，能驮上三个大口袋，一口气儿，从石榴河这一岸跑到那一岸。他爸总跟棋局上的人们这么吹牛，别人爱信不信！

说一个关于洪水的故事吧。

大铁马和他爸在田里犁地——那块地现在也都被淹没了，在某个岛上亭子下面的位置——非常具体，字句有力。这是他爸说的。那天的天气不好，田地里一个人也没有，下过雨的天空吹起了一股湿潮，远处的河水好像涨了起来，一鼻子呛人的水腥味。大铁马他爸坐在田埂上，眼皮跳作一团。没过多久，田里的水已经到了脚脖子，远处的几个水塘已是白茫茫的一片了。脚下的田里漫着水，水还在继续涨。于是，他和大铁马赶紧往家跑。过水母宫的时候，他停下脚步。那个小房子很小，门也低，几乎灌满了水。

平时，他经常来拜水母的金身。前段时间大家集资请人做的一个纯铜造像，刚放入小屋不久，万一被水冲走了怎么办？他还记得造像的高度，在小屋里正好，比人略高。这次想也没想，就钻了进去，他憋着气，推半天，造像却纹丝不动。最后，大铁马背起了水母像。

洪水退去之后，村子里的地面上都是水草，腥味又散了几天。生活也逐渐恢复了正常。这时，大家才知道新造的水母像没有被冲走，而是在大铁马家的堂屋里供着。

这么大个铜像是怎么搬回来的呢？

水灾之后的村人到大铁马的家里大集合，一边仰头看着水母像，一边议论。集资请的，一家供着不合适。大铁马他爸也点头，说那是不合适。最后，村人决定选个日子，请一队人，鞭炮齐鸣，由大铁马带头，把水母像重新送回水母宫。

现在，大铁马他爸把那场洪水的故事说得更神乎其神。

说完还补充：“当年谁都看见我儿大铁马呼哧呼哧地走过去，地上还嗡嗡地颤。”可是见证这个事的人，基本上都死了。只有他一直活到了现在。

有人就说，你是知不道，水母最重恩情了！难道，这对父子要长生不老？

以驴会友的人

七十年代，驴在马州人眼中是奢侈物；七十年代的马州，负责交易一头驴的人绝非一般人；七十年代的马州，一切涉及驴的交易，都发生在石榴河畔，废弃水坝上的牲口市场。

一九七二年夏天，牲口市场上，出现了两个结伴而行的男人。一个身穿的确良上衣，一个嘴是歪的。歪嘴汉子后来止步了一会儿，紧接着又跟上的确良上衣的老头儿。他一边用那张歪嘴不停说话，一边扭头看向驴叫声传来的地方。老头儿神情严肃。最后，他们在一面土墙前站住。

不远处一个树上拴着一头驴，正龇着牙朝着他俩呼出热气。从那满口的新牙、捋顺的皮毛就可以判断出，这头驴之于当时牲口市的性价比无疑最高。开市后，很多买牲口的人围着它说话。歪嘴汉子的手一直缩在袖筒，眉头在探问的人走后又放开，而在又一个人把手伸进袖筒里时，迅速紧缩。

他们杵在一面土墙前，旁边时而有人路过，或提几只鸡，或扯一头羊，行色匆匆，没有一个人注意到他们的样子，很像手牵手。我认为这是马州牲口市上动人的一幕，这一幕的参与者之一——我姥爷，当然就是这个“以驴会友”的人。

之前的每个夏天，一件黑色的确良上衣都会在村里田间出没。姥爷在生产队里赶大车，那次，受队长重托，拿着队里的积蓄去买驴。不是说手离了袖管，把驴牵走，这事就完了。

有意思的地方在于此事横生枝节。姥爷买回驴，每月有两次赶饭口到牲口市上专门请歪嘴汉子到家里来吃酒。土墙前的一遇让他们经历了怎样的一次相见恨晚啊。

一九七二年夏天，不爱说话的姥爷回到生产队时已是夕阳西下。平时，问姥爷事，一般都是“哦”。征求意见，不同意是“扯”，同意就“哦”一声。村子离集市两里路，姥爷又是上午出发，让人想不通一个不爱说话的人一下午都说了什么。

驴的事引出了两家人的走动。

偶尔，歪嘴汉子来村子，见人就说：“来看看驴。”

姥爷听人转达，一脸严肃地感叹：“怎么能说来看看驴呢？”

歪嘴汉子和姥爷拜把子成兄弟的那个下午，天阴着，晚上就大雪封门了。雪堵门三天，他们在炕上畅聊三天。歪嘴汉子一走，姥爷再没说过一句整话，又回到了原来的样子。

直到一九七六年，此人死于唐山大地震，两家才断了往来。

姥爷话少，在他买驴的七十年代，买卖不光是交易，也是找一个可以说话的朋友的机会吧。

由此想到，可以说话是一个很奢侈的要求。一切以这个为基础。马州把“讨价还价”称为“打价”，打的就是交情。它来自一种专门用在我们马州牲口市场的有趣现象——“价”藏在袖筒里，掐在手指上，靠手指碰手指判断。从嘴上的数字变作袖筒里的秘密，从粗暴到含蓄，很高级了。那个年头，有些地方，友情价更高。由此想起几天前，我在书店听到一个顾客在柜台前跟卖书人问，这么好的书还能打折不？

这与一九七二年夏天，马州牲口市旁土墙前的一幕分别代表了两个时代。各有动人之处，我看到他一边走着一边摸索着那本书，他是爱书的、不舍的，就像姥爷牵着驴，一边走着一边摸索着它的鬃毛。以驴会友的故事已经不属于这个年代，可他们脸上怅然若失的神情却差不多。

走在矶上的人

我们把比码头窄小的石坝称为“矶”。我老叔就是村里人说的那个梗着脖子，颠着鱼竿，身背渔具，行走在矶上的人。村里人认为他游手好闲，有机会你问起他，大家无一不摇头。也是，老叔除了走在矶上，就是吧嗒着旱烟，半躺半坐，在院子的草帘上，拿个小锤子叮叮咚咚地敲他的鱼钩；敲得差不多了，再拿剪刀，在钩上小心翼翼地，把细铁丝均匀地剪出一层绒毛般的倒刺。用他的话说：“倒刺越小越好，鱼儿越舒服，越容易上你的钩。”——老叔说起鱼来真是没完没了。

那天，他刚钓到一条大鱼，又放掉了，好可惜。他却告诉我，那是一条快产卵的母鱼，吃了她等于吃了几百条鱼崽子。放走这条鱼，立刻有鱼上钩。这时太阳落下去，一条不小的鱼被我从水里拽出来，按在岸边的草窠里。老叔笑着说：“这贼鱼玩了个英雄救美……”

这条鱼与刚才放掉的母鱼还有这层关系？老叔又不说话

了，他让我先走。我手提着一条大鱼，从矶上走下来，步子急促，像打了胜仗的军人一样，风吹得头发几乎竖着，冲进了村子。

老叔还教我挖蓝光蚯蚓。我在潮湿的井边，掀开了一块又一块砖石。这地方藏着千奇百怪的蚯蚓，暗红色的、灰紫色的，长的、短的，粗的、细的，大头的、小头的，身上带浅色花纹的、不带青斑的……

我们把挑出来的蓝光蚯蚓装进一个盆里，再喂上泥，端回家。

第二天清晨，端上它们，走上石矶。到了地方，老叔的手，往身边的草甸子上一拍，对我说："好汉，来坐！"

我坐在那儿看着他掏出鱼钩，把小盆子里的蓝光蚯蚓截成段，串在鱼钩上。

那时，河水平静。看我闭着眼要睡着，老叔从身后摸出一根光溜溜的鱼竿，递给我。老叔的鱼竿每次挑出水面，钩上总挂着一条鱼。一天一条，多余的鱼放生。而我却一无所获。

村里人也知道他会钓鱼，却不承认这算本事。每次，我和老叔，走在矶上，路过急水的地方，他看都不看一眼。水流湍急之地，必有鱼斗水，急水钓鱼见本事。老叔不这么认为，他说：“斗水是鱼饿了，乘鱼之危不是好汉干的事！”

鱼在找食，给也不是；不给，看着又心疼。所以，他选择静水深钩。我们去的那片地方也比较偏僻，很少出现钓鱼人。远处的河上有人撒网，有时还有人炸鱼。老叔顶瞧不起他们，一看到，就指着远处大骂：“我呸！脸都给丢到水里去啦！”

有时，村里人找老叔，想起的不是这个行走在矶上的人，而是他钓上来的河鱼，以及石榴河里鱼的鲜美。村里凡有宴客需要，往往都要找老叔订一条鲜鱼——老叔天天钓上来的鱼都是有主儿的，他靠这个为生。

有一次，好几人来订鱼，人家出高价，他也没动心。他说：“一条破鱼不值这么多钱！”

对方拿他也没办法。这天我们和往常一样出门。老叔平时没花销，不攒钱，有吃喝，就够了。

这天，我们在矶上钓到一条鱼。原先，一天钓一条鱼，就该收拾收拾回家了。奇怪的是，老叔又坐下来，没有要走的意思。另一条鱼很快上钩了。我以为，老叔在水里遛遛，会像以前一样把鱼放生。谁知他遛着遛着，突然指挥我下到水边去把鱼抓上来。

我在草窠把鱼制服，抱上了岸，老叔笑呵呵地，交代下来：

“就这么抱着，快跑，去你三婶子家，说我给新出生的一对侄小子上个礼！一个小子抱一条大鲤鱼！”

死于雨中的人

一九七二年八月，石榴河畔发生了一桩命案。

死者是许家村的许洼洼，三十六岁，砖厂工人。尸首在一场大雨后在石榴河边的小路上被人发现。本地报纸上报道过这件事，当时一片议论，马州人心惶惶。警察那边的消息说被害人死于失血过多，胸腹部位布满椭圆形创口，数量约十五至二十多个，初步认定，由锋利器具致死。

现在，当地人已能平淡地回忆这些了。说到某个时候，还不忘举例："跟反特电影里被机枪打成漏勺的敌人一样……"

从砖厂下班的许洼洼死在了河畔的那条小路上。小路另一侧，十几米外的地方，植有一片柏林。其中，很多树干上不同程度地留有刀砍似的痕迹。

那段时间，很多警察从这个村庄到那个村庄，从这户人家到那户人家地往来穿梭。面对大家的交代，他们的调查也越来越偏离事实。很多被调查过的人回忆说："虽然，许洼洼也不是什么好人，但杀人也犯法啊！”

为什么有此一说？

要不是这桩案件，许洼洼偷盗砖厂财产的事也不会被查出来。许洼洼的后人为了不让老一辈更多的丑闻公开，不得不跟警察私下说：“求求您几位，快让这案子过去吧。”

警察本着“死者不再追究”的原则答应了，调查几个星期无果后，从马州撤了。

没有料到许多年后，许洼洼的横死，在省城生物专家考察队来马州调研后又被重提。据说，马州生活着一种在雨天飞舞捕食的蛙。生物专家在进驻马州第二十九天的那场暴雨中，偶然发现了这一古老而神秘的现象。

这种与许洼洼的死有关的蛙，后来就被马州人戏称为“许洼蛙”。

“当时有几十只甚至上百只蛙在那段路上来回飞，蜜蜂似的雨声中掺杂进刀锋划过空气的嘶嘶声，我冒着生命危险匍匐前进，几乎爬到了那段小路，简直是死亡之路，爬到了小路中间偏东的位置，头顶一米左右飞着无数把刀嗖嗖响……哦，你是指不同物种不能产生具有繁衍性的后代？当然，当然。我这里纠正一下，本人从未说过蛙身上的突起物是鳍，那只是一种形象化的说法，我没想到古生物学界会产生这么大误会——这种古生物应该在几千年前灭绝了，返祖现象，对，这个概率较大。当然这种蛙，据我和化石上的生物比对发现，返祖中掺杂有特殊的进化，但也基本保持了某些特征……”

我推测一九七二年案发当天，一定也是暴雨骤至，大量饥饿的唳蛙像往日一样飞行觅食，与周围景象形成了美好和谐的局面。不料，有人误入了这片由锋利的“鳍”组成的矩阵中。

许洼洼的后人说：“我说，你这是编故事吧？”

我跟许洼洼的后人说：“真不是故事，这是一种可能。难不成许老头的死是假的吗？”

他们摇了摇头，又点了点头。

这不，坏事变好事。很多人死了就像没有活过。被记住，至少可以在这世界上存留久一点，哪怕在一些像我这样的马州人的记忆中呢。从许洼洼后代兴奋地给我描述时的表情，看得出来，许老头的死还是成了一项他们才拥有的特殊遗产。

使锯弓子的人

就从魏满庄拜师时，赶上的三场雨说起。那年的雨水特别多，他在去师父家的路上一边避雨，一边想干脆不学“锯弓子”了，他也觉得自己不开窍。师父决定收他为徒那天就下了一场雨。第二场雨淹了师父家的老屋。魏满庄赶到后，用扁担往院里担水时悟出了点什么。把屋里的水清理完，师父在一旁说：“力要顺着走，你发没发现刚才水流的方向。”想了好几天，到第三场雨要下了，他又走在通往师父家的那条路上。之前的泥水还未干，雨珠很快就落了他一背，紧跑几步，他跑进了一户门楼下。

这次，他想明白了。顺水推舟不就是这么个理吗？是木头就有细密、深浅不等的纹路，顺着纹路使劲，力就会稳如水流。

从这之后，魏满庄使锯弓子不再满头大汗，使蛮力。他手上只需一点力，木头的形状就修得格外整齐。师父看着他力道、准确度逐渐掌握到了，很高兴。他有点庆幸，没看错这个不言不语的“闷葫芦”。

魏满庄做农活的那几年，都说他使牛从不用鞭子——前进了，在牛屁股上拍一下，牛就能懂；拐弯了，在牛耳上揪一下，牛也能懂；换垄吧，在牛屁股上再拍一下，牛还能懂……用他的话说，牛早开窍了，什么都懂。

干吗要拜师学锯弓子？

一个他看上人家、人家没看上他的女人嘲笑他，说他做粗活儿的命！话儿传到他这儿，他正在帮着村里人挖地窖。他有脾气，一脚踹折锹柄，把所有人吓了一跳。

第二天，他提上点心、烧酒，听着雷声，走进了一户院落。

第三天，他要去拜马州最好的锯弓子为师，锯弓子是一个细活儿。传说这个老头儿锯木头，不用弹墨线，凭直觉下锯，一路解去，解出来的木板，平直如线，厚度不差分毫。“锯弓子”也叫“解匠”，是木匠的前一步工作，负责把木头整理出形儿，打磨出面儿，这决定着木匠做出什么水准的家具。

魏满庄走进老锯弓子家的院落之后，把手上提的东西，往桌子上一放，就给老头儿跪下了。老头儿一手锯着木头，一手拿着烟，愣住了。这是一副拜师的阵势。

老头儿想等他先说话，等了半天，忍不住先说：“这样吧，谭木匠那儿你去过了吗？我给你介绍。”

老头儿又等了半天，忍不住，又说：“不如去找吕漆匠？他手艺也好，我也可以给你介绍。”

魏满庄还是没说话，从桌上抢过点心和烧酒，起身就要走，气呼呼地，就差骂人了。

本来，拜师就是做人争口气，既然不想再干粗活儿了，干脆学个精细活儿，也受人尊重。后来他想通了，就不生气了。

他不愿说话，更不愿求人。老锯弓子这几句话分明是看不上自个儿，他想。

魏满庄走到门口时，老锯弓子叫住了他。

“要不你试一段时间？学会了我是你师父，学不会算我没白吃你点心！”

“一个他看上人家、人家没看上他的女人”指的是高白梨。她和魏满庄的婚事能成，跟魏满庄转行使锯弓子有关系。

高白梨喜欢他不言不语，还能做锯弓子、解木头这样的活儿。当初只是想找个借口，拒绝提亲。谁承想改变了一个人。她感觉自己太不了解这个人了。

村里小青年叫她白梨，是因为她皮肤白，个子高，屁股形状像梨。人们在背后都叫她大屁股的白梨。村里年轻人有不少喜欢高白梨的。有段时间，她的风流韵事开始传出来，高白梨就躲在家里哭。大家把她传成了一个不检点的人。

那是她刚结婚不久，在西山劳动的时候，村里谁都怕的青年赖头和新媳妇高白梨开玩笑，用手摸了一把高白梨的大屁股。原先，赖头就经常和村里女人打闹，亲亲摸摸，很多人也都习惯了。

这次，正好让魏满庄看见了。他不言不语地，走过去，看了一会儿。赖头到底有没有看到魏满庄没人知道，反正他继续逗高白梨。魏满庄却正好看见。

他问赖头："弄啥呢？"

赖头一回头，又凑近大白梨："你给满庄说说我弄得咋样！"

魏满庄瞅了瞅高白梨，周围也看着他们三个人，她的脸更红了。

参加过西山集体劳动的人，都看见他把除草用的镰刀紧紧压在赖头脖上，压得赖头一脸煞白，他问高白梨："你给说说他弄得咋样？"

高白梨怕魏满庄这阵势会出人命，急得眼泪都快流出来了。赖头的喉管被死死顶住，满脸通红。

参加过西山集体劳动的人，应该是第一次见高白梨跪在地上。

“今天，你必须说说他弄得咋样！然后再让他也说说！”魏满庄重复说着。

高白梨一直求他，也不行。都说魏满庄不像那样的人，逼得平日谁都不敢惹的赖头跪在地上发誓。

这事之后，大家对魏满庄有了新看法。这人是一头驴，也是一条汉子，能干粗活儿，也能使锯弓子，主要是没人再传他老婆高白梨的事了。

第三辑

吃　苦

那些挖井人都上了岁数。在自来水没有正式进入马州之前，他们可都是大忙人。后来，他们也没有因为不再神气，停止挖掘。那天下午，我就在野外遇上了一群现在已经很少见的挖井人。凑上去跟他们聊天，他们嘴上一句苦也没有，只嘿嘿笑说，没有地下的味道，浑身还真他娘的不舒坦！说着话，扭动一下腰身，面前坐着的，活像个风骚女人。

他们开工干活之后，我不想打扰，就离开了。不知不觉就走进了那片熟悉的田野里。在田野乱走，天快黑下来时脚下的野菜吸引了我。原先我们这儿生病，不吃药，我妈就给我拌一碟这种“菜”，好像能败火，治感冒……这回忆发展到我摇头大哭、奋力挣扎之处就断了。

记忆在我从田野归来的路上，来得快去得更快。直到晚饭时才发现它偷偷跟自己回到了家，害得我吃起桌上的菜也是一种很苦的味道。味道是个有意思的事，一个回忆也是从这儿打开的。

带“苦”字的植物众多，苦皮藤、苦笋、苦荞、苦槠、苦楝、苦蒿、苦竹、苦菊、苦苣、苦藠、苦麻菜、苦荬菜、苦荞麦、苦参、苦斋婆……大多是从我长大之后的阅读中知道的。对这些植物，我大部分没见过，望文生义，喜欢上了苦楝，或说这两字带来的想象——

> 时为清明后近谷雨，楝花始开放。灰紫之花覆树，细花扣细叶。

有人说，近了看，像陈年米粒，丑陋却有扑鼻的清香。假设，你眼前出现了这么一个人，貌若东施，身如香妃，多有意思啊。

老话说“哑巴吃黄连，有苦说不出”。从小到大，我对这位“有苦说不出”的哑巴，心怀好奇。

首先，此人得了什么病非要吃黄连；其次，不可以拿手比画吗？苦的意思是可以传达出来的。吃了黄连，却感觉不到苦味的人，比哑巴还苦。黄连为什么苦？沿着苦的记忆走下去，就会发现小檗碱、黄连碱等生物碱都是苦味的，特别是根状茎中含味苦的黄连素达百分之七。黄连素对痢疾杆菌、结核杆菌、金黄色葡萄球菌等有绞杀能力。

不想了解的，就这样被了解了，同时还落实了苦的益处。

“良药苦口利于病”对应的是“不堪回忆”，两样都是不情愿又难免的事。小时候每次不舒服，立刻满嘴苦味翻涌。我们马州几乎人人都知道我小时候是个病秧子，我妈隔几天就带我去卫生院看病。路上我就爱喊嘴里苦，我妈以为是病闹的，更着急了，其实不是。

半路上有个卖糖板的歪嘴儿，后来慢慢认识了我们。他说不好话，又爱说话。我妈给我买糖板时，又不能不说话，索性跟他说几句。

这人大舌头，甜说成咸，苦说成土，他急着说：“来，可咸了。孩子不精神，病了嘴里肯定土。”就觉得从他的歪嘴里说出来的味道都变了。

更没想到，还有一种植物能改变味觉。一个研究植物的朋友解疑，一种叫“朊”的糖类蛋白质，可以把舌部感觉酸、苦的味蕾通道关闭，只开放甜味通道，等于是选择性接受，掌握了主动权。一种听上去很神秘的果子，它的果肉富含糖朊，名字刚好就叫“神秘果”，原产西非热带地区，山榄科，常绿灌木或小乔木。卵形叶，白花，果实为小型浆果，熟了是玫红色。

对我来说，歪嘴人卖的糖板，比神秘果还有用。

周作人写过一句："知识是苦的。"这苦换作我身边人的几种苦，即草地越来越少，牧羊人越走越远，找得好辛苦；铁厂锅炉，四季高温，工人好热好辛苦；在市里超市站柜台的女孩每回骑车往返，小腿越来越壮，不敢穿裙子好辛苦；小孩厌食，吃饭好辛苦；求人办事，交际应酬，言不从心，恶心自己，抬高别人好辛苦；终于下班，开汽车的人又困又饿堵在了路上，好辛苦；还有我上面提到的挖井人……从身边人，看读书人，苦心大体一样。

是不是有一种东西可以改变这些苦味？如果有，人生就不是人生了。关于人生状况，姜白石所谓的"百年身世，唯有此情苦"。后来，好像觉得意思表达得不够深入，又写"数峰清苦，商略黄昏雨"。你看，坐下来，商量一下黄昏的雨水味是否也该是苦的？

从"意思"到"意味"，一下子深入不少。同时我也会想到四处游荡的挖井人，生活似乎不再需要井，然而挖井的行为却产生了一种象征意味——从"没意思"到向着地心的旅程。

搽　香

北方的冬天冷起来，大地都会崩开一道一道口子。小时候，冬天就特别冷。早晨爬出被窝，走到脸盆边，一洗一擦，背上书包，脸上还冒着热气儿就跑到院子里去了。我妈端着脸盆，把水往堂屋门前一泼，又回屋去了。她在屋里喊我，快点进去搽香！

这个记忆特别深。我嘴里呼着白气儿又不得不回屋。擦了香的脸是光溜溜的，不易裂缝。我一开始不喜欢往脸上搽那个油油的东西。那时一块玩的好多孩子的小脸，一到冬天，就变成了紫黑色，表面裂着口，严重的还挂着血丝。听人说，像这样冻出了根儿，以后年年冻，再搽什么都不顶用。后来每到冬天，不管我妈在不在，我都会本能地在出门前往脸上搽一点香。

有一次，我妈叫爷爷来带我，当时我刚洗完脸，她就火急火燎地走掉了。爷爷帮我擦干了脸，穿好了衣服，拉上我，就出了门，而那是一个冬天。

“还没搽香呢！”背着书包的我，站在门口，哇哇哭。

爷爷无奈地问：“香在哪儿呢？”

习惯成自然。我们说的“香”就是雪花膏、脸油之类的东西。有的散发香味，有的是一股淡淡的胰子（肥皂）味。

小时候的冬天，我穿得很多。天一冷，我妈夏秋忙乎着给做的棉衣、织的毛衣，就派上了用场。再冷一点，戴棉帽子。这是那个时候的标准穿搭，一入秋我妈就把夏天攒的破布头、买的旧衣棉花拾掇出来，开始做这些东西了。布头是下脚料，五颜六色，大大小小，我冬天的棉衣大都是拼接而成的。有时会有些斑点、纹路的棉布。冬日大雪，村里人见了我，都笑说，白白的雪地，就跟走来了一个圆滚滚的小花老虎似的！

我从小不经凉，爱生病，家里没钱，我妈一个人的工资只够正常生活。我晚上一生病，我妈第二天早上立刻一嘴泡。再后来，只要见到我妈嘴上长泡，别人的问话都是：“孩子又送医院了？”

她是一个爱着急的人，我是一个爱生病的人。我妈为防止我生病，发明过很多小东西。还是在冬天，风大的日子，怕我脖领灌风，她自己研究着在棉衣外面，织了一个可以扣在棉衣领上、围住脖子的毛线领子。

我妈周末只休一天。平时，我们同步出被窝，穿衣服，洗脸，擦脸，搽香，出门。这天周末，我妈去挺远的地方捡剩煤了。爷爷负责叫我起床，然后带我去广播站。我醒的时候，天还不太亮。套上衣服，半梦半醒，就来到了门口，我哇地哭了。爷爷纳闷儿，问我咋啦？我说，腿不得劲。爷爷没管我，拉上我，就走；我不走，还在那儿哭。他不得不回屋，又开灯，给我脱裤子。原来，里面一根毛裤腿没穿上，在腿上背着。穿好了，爷爷一头大汗，拉着我，往门外走。刚到门口，我又哇地哭了。爷爷看着我，问又咋啦？我说，还没带“脖领子”呢！爷爷就又给我打开门。我跑进去，在炕边找到领子。我给爷爷指着，就这个，这个！爷爷没见过这东西，看愣了，然后我在他面前，示范怎么戴。

再站在门口时，爷爷拉着我，站在大亮的阳光下，等了一会儿我，见没反应，才拉上我，一老一少，就这样，走远了。

晚上，爷爷送我回家，他跟我妈光说我坏话。臭老头子一边看着我笑，一边说我，一早上哇哇哭了好几次，一会儿香，一会儿腿不舒服，一会儿脖领子。捡煤回来的我妈，一脸煤黑，听着爷爷说这些，也露出一嘴白牙，微笑着。她也说，他爷爷啊，这孩子是事多，也知不道随谁。

草　田

总觉得十五岁那年的太阳比现在的太阳毒，阳光让眼前一阵一阵发黑。也是在一天下午，八柱子顶着大太阳，赶上羊群，从我家门口走了过去。

我俩随着羊群，走上了村边岔路，又沿河朝东走出了三里。一路上，八柱子神秘兮兮的，我一问他，他就说："看了就知道，看了就知道。"我们走啊走。回想起来，应该是特别远的一条路。当我们被一片不小的林子挡住，八柱子鞭子一甩，声音乍响，羊群就散开，自个儿插队，进林子去了。

"你瞧瞧！"八柱子看着我。

八柱子是什么意思？

他又说："我说，你瞧瞧！"

按八柱子和我在林子里走时对我的提醒，我发觉羊们这一路走的心情的确不太一样。尤其在林子跟前，那种高兴劲更强了。

一声响鞭是一个鼓劲、一个允许，而不是一声往常一样的催促、驱赶。

“你说，是不是？”

林子真不小，羊叫声在空中响。我俩走了好半天，再看前面的羊时，大部分羊叫声已在林外的地方。

这片“草田”这么大，整个儿贴在石榴河的一个拐弯处。看样子以前是一块稻田，可能是东家觉得总被水淹——那些年发洪水比较频繁，嫌烦就让地这么荒着。荒着荒着，草长起来。一片好草便宜了羊。看看，它们高兴得都快疯了。

我们在“草田”边的一块大石头上坐下，看着羊群，也看着这片草。

什么叫“草田”呢？草就是草，就是野地；而田就是田，是有人管理的。看上去，真觉得这片草太整齐太茂盛，横竖有界，四角各有一条凸起的埂子。真是两者兼备了。

我问他：“你咋发现这里的？”

八柱子说，原来放羊的地方草越来越少，就想往远处走，看看有没有新地方。在一个平时没去过的小路拐弯处遇上一个放羊老头子，据说是石榴河下游一个村子的。他正赶上老头子赶羊回村时。群羊相遇，如两军对垒，本来小路就狭窄，八柱子的羊都是壮年，毫不躲让。这就搞得老头子的羊群活活被冲散。老头子一个劲甩鞭，八柱子在旁边一个劲笑。后来，八柱子的羊群直把老头子的羊群赶到拐弯背面的一块土岗上。老头子就站在他的羊群前面，表情严肃地继续甩鞭子。天上啪啪响。

一个不打不相识的故事，本不值得说下去。我想说的是，后面老头子傍晚放羊归来和八柱子都能在河边遇上。有时还给八柱子带点吃的，八柱子也给他带点酒，两人就在河边的阴凉里坐下，说东说西，也好让吃饱的两群羊,（消）化（消）化食儿。有一天，两人傍晚就在河边坐着说话。突然，老头子猛地站起来喊:“你瞧瞧！”同时，也一声响鞭。八柱子就在旁边笑。原来，八柱子家的公羊趴上老头子家母羊的背。八柱子解释说，村里人都说我穷欢乐。我总觉着，这群羊，让我这辈子挺好。在外面走冷了，还可以抱着暖和会儿……说完，在老头子旁边一个劲笑。

我们村和老头子家隔着一条远路。八柱子每天把羊赶出很远，以前走上村边岔路就到了地方；现在，还得沿着石榴河朝东走三里路。八柱子在路上跟羊说话，到地方一边看着羊，一边还跟羊说话，在路上说“快点走”，到地方就说“慢点吃”。

有一次，老头子也说，我瞧着你没啥心事。八柱子好好想了一会儿，也没说娶不上媳妇的事，而是说放羊越来越找不到好草的事。老头子一拍他肩膀，啥也没说。聊天一久，才知道老头子的闺女是个玻璃眼——就是眼睛不好，在我们马州也算是一种残疾，三十多岁，嫁不出去，是老头子每次跟八柱子喝酒聊天，一拍肩膀就不再多说的心事。又一天，八柱子和老头子在石榴河边伴着酒和花生，吃着说着。一来二去，终于就说到老头子的闺女。

八柱子家里穷，没有人给说媳妇。于是，突然说：“您老要不嫌弃，八柱子给您当女婿，将来给您养老送终！”

老头子好高兴，说闺女今晚进城串亲，回来操持你们见个面。

天黑下去，老头子临走时问：“我闺女情况，你了解？”

八柱子知道他指的是眼睛的事。也学着老头子的样子，走到他跟前，一拍他肩膀。

那天，八柱子比老头子离开得要晚，一直看着老头子走到羊群前头，样子好可笑，一群羊像一片肥大的云吹着一个人在跑，一会儿，就不见了踪影。

八柱子第二天没有遇上老头子，自个儿放羊，在这河边不远，最后也没等到。一想，没问老头子具体在哪村，也找不上门。又过几天，还是老地方，老头子赶着羊群来了。老头子仍拿了吃的，不同的是，这次有肉。八柱子觉得奇怪。老头子告诉他，说闺女从城里回来，在黑天里掉河沟子淹死了。

老头子一拍他的肩膀，说："我看，这养老送终的事不提！"

八柱子继续听。

"我看，一群羊是放，两群羊也是放。我躺了三天，身体越来越不好了。我想把它们托付给你。"

两人约定，每天老头子把羊群赶到这河边来，就可以。两群羊混合起来，由年轻的八柱子放。还好，八柱子找到的那块草地不小，够撑上一段日子。

我问他："这地方是老头子告诉你的？"

"不全是……老头子的羊把我带到这边。起先，草越来越少，我还在发愁。这事又不好跟老头子说，显得我不义气。有一天，我照样放羊，两群羊刚吃一会儿，就分开队伍，老头子的羊群径直往树林里走。我甩鞭子，羊也没停下。后来，我的羊跟着进了林子。我在林子里转半天，才看见光，这一出林子，吓我一跳。"

八柱子还说了一句："天，不绝人。"

又问他：“那老头子呢？”

八柱子说：“这天也怪，听说从河边赶着羊群回村的路上，一个不留神，摔了跟头，就摔傻了……”

就是这样，八柱子从傻掉的老头子手上获得一块好田，让那四十七只大山羊啊，每天蒙蒙亮，就有个地方可以寻思。

瓮　葬

姥爷葬礼上的瓮，十分引人注目。很多人不再能理解我们老家的这个风俗了。除非本家老人生前嘱托，否则基本土葬了事。以现代人的角度看来，“瓮葬”多少有些暴力。不过，对于我姥爷来说，无须考虑尸首全不全，以及被打碎装进瓮里是否难看的问题。在老人家那场肃穆而热闹的葬礼上，院角大瓮装满了石榴河的水，水里游着一条鱼！

这条鱼是几个小伙子在葬礼前夜，按马州风俗由“大操”带领，口念“丧经”，从石榴河中捕获的。鱼入瓮时，很多家人像见到“亲人”一样，疯狂地，扑围上去。有的扒着瓮沿，有的跪在瓮前，默诵：“您老走好，瓮里逍遥！”

一群人随他们的吆喝声出了门，上了街，从街拐上村外一条向西的窄道——村里为死人送行的必经之路。几个小伙子抬着大瓮走在草丛中，步步前移。他们停在一块事先挖好的大洞前。在齐整的哭丧声中，慢慢地，把肩上的木棍往下放。哭声在大瓮开始下降、即将被土洞淹没和沉底时，三次陡然而起。其余时间，哭丧声都被大风吹散了。

二十八年后，村委会组织大家迁坟。我妈带着我在马州找起了姥爷的坟。很多人都说，别去了，找不到。在她回忆中的那条专门送死人上西天大路的窄道早已不复存在，眼前是一条正在修筑的公路，她仔细分辨村子到这里的路程。最后，又带着我在路边来回走了三趟，斩钉截铁地说：

“就在这儿！”

还没有来得及下锹，一个穿红黄色衣服的工人走来问：“你干啥的？”

我妈也问：“那你干啥的？”他再问我：“你要干啥！”

他看见一锹插进草里。我的举动引来了七八个筑路工人。他们把我们围住，问的都是老问题。

我妈哭哭啼啼地说：“我爹在这下面！”还指了指我说：“他姥爷就在你们种的草下面！”

领头的人被她说服：“你们这样挖得挖多久呀？确定在这下面？”

又看了一下周围的几个工人：“确定在我们种的草下面？”

我妈点了点头。

筑路工人帮我们把草皮掀开。感谢这帮兄弟，为了我姥爷把他们好容易修直的路又掏出一个缺口。

姥爷的瓮果然被埋在了那块地方——我妈指的方向稍微偏了半米。工人从这里挖，快到三米时候，没挖到什么。于是，对着上面喊:“哎——啥也没有哇？”我妈喊:“哎——再深一点。”工人把锹往里面来了一公分，铁锹“铛”地一响，碰到了东西。“哎——轻一点！”我妈说。地下对着上面喊话:“哎——中！”

四个工人把瓮从三米二深的洞里拖上来时，我妈像看到当年姥爷被放下去的情景。工人们对着面前这个大瓮，露出奇怪的表情。我妈跪在瓮前，没有理周围的任何人，一个劲地哭。我站在旁边，说不上话。一堆人站在路边等她。

他们问:“你姥爷呢？”

我说:“在水里。”

大伙围过去，趴在大瓮沿上看水里。我只想怎么去安慰我妈，随口一说。怎么知道大伙的反应也把我吓了一跳。

“啊！这就是你姥爷？”

我妈不再哭。

“这就是你爹？”

我们走过去，也趴在大瓮沿上。

“这就是我姥爷！”

“这就是我爹！”

水里那条鱼还活着！我用手触到姥爷的鳞片，企图“拉”它出来，它还有点依依不舍，在我掌心柔软地，翻了个身，蹿回瓮中。我趴在瓮沿上往水里探身，姥爷躲着我。

我就喊：“姥爷，是我，是我！”它好像听懂了我的话，晃着尾巴，朝我的手游来。水纹有了波动，越游越近。我妈去远处帐篷里拎来了一个桶，走到我身边：“快，再晚时辰就过啦。”

我把手指围着姥爷的宽肚皮拢了起来，姥爷没大动弹，撑大着嘴，眼望天空。姥爷是黏黏的。它进入桶里时，吐了一个大水泡，也许在说什么话？我和我妈蹲下来了，假装听了一会儿。然后，提上桶，离开了公路。经过几片田，一个荒坟岗，我们迎着大风，向前走去。风吹起眼前的河浪，我们在大风中，站上石榴河岸的一块空地。姥爷在桶里似乎感觉到了水腥味的召唤，开始用尾巴有节奏地拍打桶壁，啪——啪——啪啪啪——啪——啪——是龙就得腾空，既然是鱼就该在宽广的水里活着。

这样一来，姥爷就永远不会死了吧？最后，我们把空瓮带到了新坟场。现在姥爷的新坟里，埋的就是这个空瓮。

石　桥

我们马州人说起桥，指的就是同一座石桥，它不需要名字。我出生在桥下那条河边上的旧宅子里。都说河水源自滦河，经三个乡四个镇十八个村，弯弯拐拐到了我们村时，水流已经很小了。不好意思叫河，又不像小溪，只得先这么叫着。一年夏天，河水猛涨，母亲在河堤上开掘的田地就全给淹了——因为水流小，靠河人家都会开垦一块地种菜。

我出生一年左右，河边旧宅子外面就荒了。母亲特别高兴，因为村子要迁往不远处的一块野地上重建了。原先，野地上都是草，野草整片整片倒下后，我父亲带着几个小伙子就开始接电线。通了电，飞虫少了很多，晚上也可以施工。房屋建得很快，街道纵横交错，还竖着水塔。

新屋选在水塔边不远的地方，那是我成长的地方。

围绕着水塔的是一溜儿柳树，柳树很大，树上蝉玩命地鸣叫。七月到八月的早晨，“热闹”几乎把村子给淹了。蝉到底站在哪一头？向热发出抗议，还是向人们挑战？我们管蝉鸣叫“鸣热”。总之，鸣热声与开门声、唤儿起床声、拾掇农具声、鸡狗打闹声连在一起响，后晌也不消停。

这时，陆续有人拎上饭盒从我家门口走向老庄子的田地，送饭给劳作的男人——吃的多是豆腐。在河边生活，鱼多，就豆腐蒸鱼。土语“吃盐吃劲”，干活之际，菜饭齐全，外加一盘咸菜。置办好这些，妇人打发孩子出门送饭。

一般都是比我大的小孩，等我长大也去送饭，才知道他们不赶着回，是坐在河边洗碗，听长辈们聊天——田地周围是一片树林，风也大，蝉声在那比较弱。我们几个孩子等长辈们开始干活，才从田里往回返。

田地在老庄子附近，与新庄隔着一座桥。

大人们不让孩子下水，怕出危险。我们游水之后，总是在桥下的那口废井上晾晒身体，直到手臂能用指甲划出来白道儿——我们的土方法，在那些夏天保护着我们的乐趣。桥的附近，还有个机井站——有人拿木桶舀水倒进去引水，水注入田渠，渠满了，水就向前滚。看来看去，身上重新黑得发亮了，我们就结伴往家走。

我们时常在半路上偷跑进老四妈的桃林偷桃。老四妈拥有一副矫健的身板，追得我们这些小捣蛋狼狈不堪。有一年，她跑着跑着忽然摔倒了，好像还磕掉了两颗牙。后来，朝我们喊时，嘴巴只能发出空空的声音。不晓得从哪年起，老四妈不再追我们了。老人到了某个岁数便脱掉一般人的装束，换上那种四处露肉的汗褟儿——老四妈也开始穿了。有时，我们见她身穿汗褟儿裤衩，整天露两道黑色的长奶子在外面，都为她害羞。后来，我们很少去桃林，见到老四妈还要羞得躲出很远……

太阳一落，开门声、狗叫声、拾掇工具的声音、呼唤小孩的声音，你响一声，我应一声，又会连成一片。我小时候喜欢在石榴桥上纳凉的人中掺和。经常点上蒲葵棒，就往外跑，晚饭也不吃。乡邻里，有的拿了席子在桥上铺好坐着抽烟，有的一边摇着蒲扇拍蚊子一边走动着吹牛……而河风吹过是清凉的。

夏夜的石桥上睡满了人。母亲却说："河上半夜常起怪风，会把人吹到河里淹死！"所以，我趁月光亮着回家睡觉。第二天清早，赶紧跑到桥上去，一看，昨晚的那些人真的都不在啦！

我吓得要死。原来，他们天蒙蒙亮就下水游泳去了。邻居说，当年有天清早就看见我跑过去，像个大人一样站在桥上，一会儿把双手放在胸口摸，一会儿闭上眼睛。

那么久了，我才渐渐意识到，有些担心总是多余的。我就从来没有特别担心过看守桃林的老四妈。可有一天突然有人说，那年夏天，蝉声最密的几日，她儿子把她从一棵桃树下抱下来，她因为什么事想不开，吊死在了自己的桃林里。我心里一阵难受。

还有一件事需要记一下，蝉为什么鸣叫？在我心里一直有个俏皮答案：挠痒痒。其实，长大后我也了解到这是一种求偶行为，旁若无人表达爱情，值得尊重。问题是昆虫学家法布尔经过研究证明，蝉是一个听不见别的声音的聋子。我说，我有时和它们是一样的，旁若无人地回忆，都是自私鬼。

龙泉寺

我上小学的时候，没觉得上学的地方有什么特殊。学校建在高岗上，一面路，三面沟，最幽深的那一条沟对面不远处就是“垃圾山”。这条深沟没干涸前是一片水潭，清晨黄昏，水雾袅袅的。后来，水干涸了，潭底岸边长满了草。我们班几个男同学放学不回家，一般就在这片枯草丛生的深沟里，追逐打闹，磨蹭时间。

据说，高岗上原来是一座寺院，学堂是后来改的，一开始叫龙泉寺小学。学生是附近村的孩子，我们村的孩子都在这个学校上学。与它隔着一条街是五十七中学，小而破旧，我记得墙壁上常看到深深的裂痕，还有裸露的砖块，一直说拆，一直没有拆。

我们这片孩子成年之前的全部生活，是在路这边上完六年，到路那边再上三年。

很多年后，一个在当地教育局上班的朋友知道我老家在马州，就问我，小学是不是在龙泉寺小学上的？我答，是。他忽然有些激动，又问那校园里是不是有一棵特别粗和高大的树。

在我们的教室外，隔着一道栅栏，的确看得见这样一棵树。按他的说法，那正是我上小学时见过的柏树。它无疑也是我见过个头儿和年龄都最大的一棵树了。后来才知道附近村庄，还有同样这么大年龄的两棵文物级别的古柏树。

这三棵古柏树是公元六四四年左右，李世民东征屯兵此地时亲手所植。这位朋友看我听得认真，"扑哧"一声，一转严肃表情，笑着说："传说，当然只是传说。"

小时候，我爬过这三棵柏树，也在三棵树下挖过大小不同的知了猴。经朋友提醒，我还特意去看过一次。我在一片别墅群里找到了原来龙泉寺小学的那棵柏树。恐怕只有站在树前，才可以确认操场的位置。

这一幕就像历史人物桓温见到自己早年栽种的柳树一样——

"木犹如此，人何以堪！"

我的感受也没这么深刻，也许是因为树的年代太过久远。眼前的树和记忆里的树真的没有变化，倒是周围的风景都变了。

龙泉寺小学都不在了。原来的龙泉寺更成了传说。龙泉寺的“龙”指的是青龙，传说青龙的敌人是一条巨蛇。巨蛇时常作乱，扰民、伤人，青龙一定要为民除害。拔剑猛戳，巨蛇一闪，宝剑直插在地面，顿时喷涌出一股清泉。

这就是第二个字“泉”的来历。

后来，青龙驭龙泉，与蛇打斗。骤然，乌云翻卷，水光冲天。巨蛇见势不妙，躲入枯井之中，再不现身。

小时候，我在操场角亲眼见过一个石头围成的泉眼。很多孩子不愿跑到很远的厕所撒尿，嫌累，就对着泉眼尿。

有人说，龙泉寺的名字，就是李世民被青龙誓死镇住巨蛇的精神所感动而取的。它后面不远处石榴河上的卧龙桥也因传说而得名。

从这里开始，神话具备了人名、环境和年代，越来越逼真。

新中国成立初期，不让搞封建，这事没人再提。后来寺院接连被赶走十二个小沙弥、九个老和尚、三个扫地僧，外加一个伙夫，及其家眷三人。他们离开后，佛像蒙尘，威严扫地，在大殿里多摆放三天。某天，涌进来的一组人，大喊口号，不由分说，由东向西，依次砸烂了它们……

地方空着浪费。工作组开会一商量，第二天中午修修扫扫，张榜招生。小孩换和尚，寺院改学堂。

只有古柏树，一年一年，葱茏下来。

二〇〇三年，龙泉寺小学并入其他小学，这个地方改为龙泉机械厂。一群工人每天在里面叮咚地敲。它改为机械厂的那几年，我在路对面的五十七中学上初中，每天从挂着“龙泉寺小学”木牌的机械厂门口经过四次。至少有一两次，会不经意地看到一圈高墙上，露出的形状怪异的天车和铁架。

现在，龙泉寺挪了位置又变回了寺院，招徕本地香客和外地旅客。重建的地址离新村更近，甚至不用出门，我只要走到阳台上，就能看见它正架着脚手架、加紧赶工的大殿。砖石和颜色都是新的，做旧。有时我会幻想原来的大殿，无比辉煌，僧众繁多……

一切只是传说，但我因为亲眼见过校园里的那口泉眼，而选择相信它，就算泉眼没了，传说也没了，那还有古柏树，一年一年，葱茏下来。

石榴河

“石溜”就是河里的鹅卵石，呲溜呲溜随水翻滚的意思。原来，这条河里的鹅卵石特别多。时至今日，却只剩下了关于这条“运粮河”的传说，甚至一颗石头都已无踪迹可觅。

据村里老人王国才说，一九六一年，他担任村干部时，还组织过村里的劳力挖河道，清除大量鹅卵石，将运粮河推成了现在的方块田，只留下一条窄小的河道。村民王全友回忆他小的时候，这条运粮河的水面还很宽阔，足有数丈宽。那时候已经没有运输船从河上经过了。

八十年代初，在村南二里远的河沟内曾挖出过一艘老式运输船，船体庞大，破旧不堪，可惜当时谁也没当回事，没有好好保存下来，否则也许可以证明点什么。

由浭水还乡河东，导陡河抵沙河，通陷河，而及青滦。浭水小，非滦所通，沙河淤滥，随行随止。

不一二年，壅塞如故。

这是一些历史的下脚料。

传说与县志记载有所不同的时候，我倾向于那年十月，数月无雨，大地开裂，收成减少，乡民更是发愁年景不好。一群孩子手拿水灵灵的石榴从远处跑来。植物生长肯定需要充足的水。于是，跟着孩子们找到后山里去。他们就在一溜儿山坡上发现一棵枝繁叶茂、果实累累的石榴树。人们纷纷跑到树下，一看究竟，用铁锹挖掘几天后，挖出一股泉，山泉由小变大，顷刻汇成小溪，沿山石倾流下去。从此，“石榴河”一名取代了“石溜河”。

我描写过河岸上众多的石榴树，甚至石榴林，对于这点我想说的是，二〇〇七年五月，我在旧书市场看见过一个收集旧报的摊子。所以，才可以在年份为一××五年左右的旧报纸上，看到一张以风风火火的劳动场面为背景的人物照，像是庆祝劳动节。年代久远，人物模糊，但人物背景是大片大片石榴花，五月正是榴花似火的季节，时间对得上。收藏者说，这人大概是挖掘河道时期的先进劳动工作者，所以这是一张名人照片。

清光绪十五年，开平矿务局林西煤井（年产四五万吨煤炭）产生严重外运问题，清政府为此修筑北宁铁路（京山线），设站古冶。地理限制，铁路需跨越石榴河，于是不得不在站点西约半里处，建一座三孔钢梁桥，一孔走车，两孔泄洪（六十年代改为两孔走车，一孔泄洪），尤见水量之大。另外还有，新中国成立后一则残缺的资料表明，有关部门对河道做过一次较细致的勘测工作，除确定发源地在水峪，另给出如下数据——河长三十五公里，流域一百八十五平方公里，□上游三支□□□□……

我的故乡在大河南流的第五个拐弯处，水面变阔、水流转急。那里经常有人淹死，村里人都说那里的水特别凶。我小时候的好几个小伙伴都死在了那里倒是真的。

即使是现在，有时坐车从那里经过，我还总是想到他们。不过当年熟悉的名字都记不太清了，就算恍惚之中，在水面上看到一个个小脑袋露出水面跟你笑，也没有什么可怕的，就像当年我们一起在那儿游水一样。他们其实挺好的，还是那副单纯、快乐的面庞。

河边不远处是一片野地，死去的孩子好像葬在那里。谁会记得乱草之中那些小而简易的坟头，那些没有墓碑的童年？就记得小孩子死去也不办葬礼，亲友们哭一场。因为都是夏天，就拿孩子平时躺的凉席把身体一裹，家里有能力的打个木格子，没能力的就这么一埋了事。可能是怕孩子爸妈办丧事时多次想起太伤心吧？毕竟，生命结束得太仓促了。

尼龙袜

一九六七年的某个大风天下午统计人口，姥姥忘了她的生日，只记得年份，连名字都是随队来的女会计取的。会计说：“我看，小丫头挺好看，叫个花吧。”姥姥点了点头。

我妈的名字就是这样来的。

姥姥坐在门槛上，一脸迷惘，还在想生日：“大约起菜时候……”乡间起菜是十月中旬，剩下的日子又是随意编的。

这些可能都对我妈现在做事丁卯不差有影响，只不过这个影响是反向的。现在，每次办事需要她提供身份证时，她不太愿意面对上面这段十分准确的历史。我妈对外人说自己没上过学，其实也不太准确。她的学校生涯太短暂，以至于不如说没有吧！一年级那年的第一场雪，她放学后走在雪里。学校与村子隔着一片野地，每天都要走不近的路。突然，有人推了她一把，我妈倒在地上就哭了。哭着哭着，她好像听到周围有人在笑。好容易自个儿爬起来，笑声没有停，就这样跟着哭声，一路回了家。姥姥问清原因，骂了儿子几句，然后说："你妹妹被人打了，你不能这样！"

这段往事在我妈的叙述里飘忽不定，只有那片雪地的白色是确凿的。没过多久，我妈就不上学了。那片田野，她再也没有见过。那也是她放了四五年羊唯一没有再走过的一条路。

我妈对我说："也知不道为个什么……有一次为绕过它，平白多走好远的路，脚上的袜子都走破了。"

一九七一年深秋，十二岁的她赶着三只羊从合作社经过，看见了柜台里一双天蓝色挂黑点的尼龙袜。连着三天从那里经过，她的眼神都准确地从台阶、门口、那个胖乎乎的售货员身上绕过去，锁定东面第二个柜台里挨着一条围巾摆着的尼龙袜。八毛钱一双的尼龙袜，第一次出现在我妈的世界里。忍了好些天，她在姥姥面前描述起了这双区别于粗线袜子的尼龙袜。

姥姥一边干着手上的活儿，一边对她说："你不是养了一只鸡吗？卖了鸡蛋，你自个儿买吧。"

后来，我妈除了放羊、做饭，都坐在门槛上盯着老母鸡。按时隔一天下一个鸡蛋。有时喂得好，早上下蛋，当天晚上会再下一个。

半个月后，也是下着雪的一天，我妈放羊归来，进门掸着头上的积雪径直走向了鸡窝。每次，她摸到鸡蛋时，小窄脸儿上绽开笑容。然后，她笑着又把十个鸡蛋挨个数了一遍。一、二、三……九、十。土鸡蛋较小，一斤十个，卖八毛五分钱。

我妈带上八毛五分钱走上了去往村口合作社的路。下着雪，路上的脚印被覆盖了。胖乎乎的售货员，绕过柜台后的洋铁烟囱，走了过来。

她说：“小朋友，不好意思，刚卖完了最后一双。”

售货员转过身，手扶在烟囱上取暖，看小姑娘站着不动，又说一遍：“新货就一个颜色，就是那个天蓝色挂黑点的尼龙袜，你这小丫头怎么回事？”

一个十二岁的农村女孩在一九七一年初冬走在大雪中的景象，恐怕早没人记得。大概第二年，尼龙袜就进入了我们马州的各个供销社，很快取代了粗线袜。

这时，我妈的固执反而上来了。她在尼龙袜风靡相当长的日子里只穿粗线袜，直到尼龙袜完全普及后才不情愿地开始穿。

有意思的是，整个事件的获益者，却成了她十几年后才出生的儿子——我从小心里很少失落，想吃什么就可以吃到，想穿什么就可以穿到。当然，村里也没有什么山珍海味、名牌服装。

我需要感谢我妈固执地实现了我幼小的欲望。

一把梳

一把梳的事发生在一个女孩身上。不，是一对姐妹身上。不论年纪大小，人们喜欢跟花雀的姐姐，叫一声“花姐”，也有叫“一把梳”的。

提到花姐或“一把梳”，自然想到一头好看的长发。从记事起，妹妹花雀就对自己的头发格外担心。有段时间，人们说花姐头发那么好看，她都偏扭过头去，噘起小嘴儿，心里是怕自己的头发长不了那么好看。

花姐好看的头发，在家人起床、洗漱完毕，就会变成一条晃在屁股墩上的长辫。花姐十八岁了，十五岁起就做拧麻绳，拧成了线往河口渔船上送的活计。去年，河口一户东家，上门说亲。花雀进屋看见一堆生人，带着好吃的，还有搪瓷杯、红脸盆，再有就是出现了一个木箱，在堂屋摆着。后来，花姐和她爸把箱子挪进里屋。那段时间，她在里屋做针线，不爱出门了。人们都说过几年，花雀又是一个“一把梳”。

好多成年女孩都有一把梳子。炕上、地下的活儿，花姐也好。十二三岁，她妈就开始教她。而她也开始教花雀。花姐小细手儿，拧的绳子，不够卖。河口生意好着呢。这些话是花雀从街上听来的。有人议论河边的生意大不如前。花雀从街上听来，愁眉苦脸地给花姐说："河口生意越来越不好了……"花姐在炕上笑。花雀又小嘴一噘，蹭到花姐身边："又绣长虫！"花姐讲不清啥是龙。龙能飞，是神仙，龙……

第二天早晨，花雀听见花姐梳头。这天，花姐梳头和以往梳得不同。以前，都是花雀早点醒来，把头在被子里藏着，不露出来，挑一道缝儿出来，瞧着花姐对窗梳头。这天，花雀醒来，花姐穿着一身红袍，站在床边。"来，给你吧。"花姐把檀木梳子交给花雀。

到了花雀也要"一把梳"的成年时候，花雀梦到对窗梳头的花姐。那时，她哪知道花姐为什么梳着梳着，就哭了；更不知道哭着哭着，又笑了。

那年秋天，花姐哭哭笑笑地，蒙着一块绣着龙凤的红布被一个男人接走了。这段记忆也随着那人消失了。长大后的花雀发誓不要学姐姐，她拿着一把梳，跟自己商量好："千万别那么没出息，就知道哭！"

蚊香药片

爷爷是我上高中一年级那年去世的。我在灵柩前给他老人家“咚咚咚”磕过三个响头，就回学校了。回去的路上，我缓过神儿来，想起再也看不见村广播站的爷爷了，就止不住流泪。

第二年，我选择退学，把自己放归到爷爷经常带我小时候游戏的田野里。我们村子地处两区交界，有一座垃圾厂，又因为采煤坍陷，四野荒凉，有点像“龙须沟”。四处是大大小小的水塘，路也是好多裂缝，两个区之间通着一个破旧的公交车，只要它一来，离很远，就能听到叮叮咚咚，颠簸造成的响声。夏天的时候，车窗紧闭都挡不住那股臭味。我们村在垃圾山的下风口，味道更是难忍。我就是在这种环境下长大的。

爷爷死去之后，我一直忘不了那间蚊香味道浓烈的广播室。于是，印象里的爷爷也沾上了这个味道，记忆就是这个味道。

我们村委会开过一段时间的蚊香厂。那种蚊香现在很少见，很像药片，比正常的药片大，也是圆形，点燃了就冒烟，然后扔进屋里，全屋都像着火一样，白烟滚滚。后来，蚊香厂倒闭了。爷爷的广播室里堆着不少废弃的蚊香，他家也一直用那个蚊香片。

有时候，我就拿这种“药片”到田野里放烟去。小时候的神话电视剧里，有神通的人来去都是一片烟，趁着烟跑掉。我经常玩这种游戏，所以对那种劣质、不环保的蚊香片特别有印象。

有一次，我偷偷爬上村委会四层楼的楼顶“放烟”，还被爷爷发现了。他只能干着急，也不能爬上来把我拽下去。看着他急得跳脚的样子，我反而很开心。小时候，我就是这么个四处捣乱、惹人生气的孩子，独来独往，不太跟小朋友玩，愿意做一些爬高、游野泳这些大人禁止的事。爷爷生起气来，在地上跺脚，跺得山响。我记得那次是我自己爬下楼，被他拽着送回了家。到了家，他一言不发，松开我的领子，转身就走。

那是我对爷爷除了和蔼温和的另一面印象最持久的一个画面。

一转眼，自己就长大了，而爷爷的广播室还是老样子。高中住校时期，每个月回家一次，返程要坐公交车到市里转车。我都早早地来广播室，一边跟爷爷聊天，一边等公交车。每次都是爷爷先说：“快走，来了来了。”

村委会的小楼在公路旁，我出门一看，公交车正从一片杨树后驶过来。我不记得和爷爷在广播室说过什么，只记得他的脑子和耳朵的衰老速度不太一样。他后来被辞退，也是因为他在广播里把人物关系搞错。这都是听人说的，我只知道爷爷不当广播员之后，没多久就患上小脑萎缩。人物关系到他那里就更乱套了。我去看过他几次，他都认识我，作为他最命苦的孙子，我给他的印象应该也很深吧。爷爷在我心中，是很少的几个对我好的人。对我好的人在我的理解中很简单，就是跟我说说话，哪怕跟我跺跺脚呢，大冬天我在大街上游荡时，有个小地方可以让我进去暖和一会儿都行。

爷爷耳朵是很灵的。他应该早就听到了我的哭声吧？虽然我上高中的地方距离马州很远，但我赶回来的路上，就在小声哭泣。看见遗像的那一刻，我有点发蒙，那种蚊香片的味道又来了。

方形风筝

小时候，抬头看见天上飞的风筝，一定都是方形的。图案是字，或是美人，因为我们除了报纸，还能用来糊风筝的，也就剩下墙上的挂历了。当年，没什么好玩的，春秋天，就趴在地上，疯狂地糊风筝。为了糊风筝，我偷过我妈不少织毛衣的竹针。一到深秋，我妈要给我织毛衣时才发现针都不见了，就免不了被骂一通。糊风筝是我们马州每个孩子都要掌握的技能，骨架、绑绳、大小、吊线角度，这都是孩子们的秘密，绝不互相透露。就是说，谁的风筝飞得高，就说明谁的秘密多，大家就都羡慕他。

那时候的秘密是特别单纯的。

记得有天傍晚，一个男孩在野外放风筝时，突然来了一阵大风，他刚用报纸糊好的方形风筝就被吹飞了。男孩仰着头，随天上的风筝，一直跑，跑了很远，直到彻底看不见了，才沮丧地回到家里。家人睡着了，他却无法入睡，整晚站在面向田野的窗前。过了很长时间，田野暗了下来。在男孩特别伤心时，黑暗中亮起了一个小点，起先很小，后来亮点扩大成了小块儿。再后来，这个小块儿又显出了他所熟悉的方形……男孩不停地揉眼睛，以为看错了，眼前正是那个被风吹走的方形风筝。更离奇的是，天上的风筝连着一条线，线的一端是一个灰色的、奔跑着的男孩的影子。

这个男孩长大后就成了我。马州传闻看见自己的人都将不久于人世，我也很害怕，从此开始了一段对所有人守口如瓶，又对性命担惊受怕的日子。还原当时的情境，像照镜子。所以我几乎不敢照镜子。

这件事就一直在我心中，过了很久，有一天起大风，那扇窗的玻璃意外地打碎了。窗口慢慢打开，我赶紧跑过去，下意识地去关窗。这时，我的手被碎玻璃扎破了。碎片满地，我从玻璃碎片里偶然看到自己，一下想到多年前，另一个自己闯入过这个世界的事。我丝毫没意识到他的降临是对自己生活的一种丰富。除了害怕，什么都不记得了。最后，男孩到底有没有找到他的风筝，我也不清楚。重要的是，与童年里的自己有过一次秘密的相遇，这缘分让我对记忆这件事有了更多理解。

还有就是那些个片段，那些个瞬间，真的从童年的秘密里一路追了过来，简直不可思议。

第四辑

土　狗

一九七六年的一天，太阳刚升起来一会儿，村口的喇叭就响了。队长召集社员们到麦田边开会，会议主要谈的就是村西头麦子成片成片倒掉的问题。

这个问题让队长忧心忡忡，从他紧缩到一起的五官就能看出来。社员们顺着他抖动的手指，看到了地上泛着青的麦棍倒了一大片。

队长说："日他娘的这田苗糟蹋的，大罪啊。"

腮帮子一蹙，五官短暂地，散开了一点。他一边说着，一边走到不远处的榆树下去拉自家的狗。

当他和狗站在大伙脚前，他二话不说，摸出榔头，就是一下。狗不及叫一声，就不动弹了，只有在被扔到草堆上时，才抖了那么几下。

队长站在死狗上，又说："日他娘的狗就是狗！有本事下辈子做个人来杀我，杀你！"

大伙被带血的榔头指着，吓得后退。

村西头成片成片倒了的问题促成了一支打狗队的产生。队长从脚边，拎起刚才的狗绳，从大家面前走了过去。这次，他走到榆树下没有停下来，一直走远了。

打狗队敲响第一家门，土狗们像平常一样，汪汪叫！狗叫声很快失去节奏，后来全部变成哀吼。村人在屋里竖着耳朵骂：“造孽啊！”

通过血淋淋的事实，队长给社员们证明了打狗的决心。

“有本事下辈子做个人来杀我，杀你！”

有人骂完在屋里，学队长说话。

马州土狗大量繁衍，几乎家家至少一条。除了家养，还有很多野狗在村外的田野晃荡。这一年，土狗起群时间长，叫声格外响，发情的叫声凄惨，整个夜晚就听见村西的田野里一片声响。土狗这个疯狂的求爱举动又造成了村西头麦子成片成片倒掉的问题。它们交配的快乐建立在了麦子们的痛苦上。队长在田边那棵榆树下久久地蹴着。

第二天，就开始打狗了。一条一条的死狗在板车上越堆越高。它们的血在土路上滴成一条绳子。在板车吱呀前行时，这条绳子还会随风摆动起来。土狗们疯狂吠着，很快地，吠声像口号一样，你喊我，我喊你。外面叫成了一团，我妈跑到门口抱住小狗，把小脑袋捂在怀里。我家“班儿头”懂事地一声没叫，我姥姥匆匆从我妈身边走过，轻轻地，拉开大门，脖子搁在门外，说：“快点！还不快跑！”“赶紧跑吧，我救不了你！”我妈解开绳索，推走了狗。“班儿头”停了一会儿才跑走了。

那辆堆了老高狗尸体的板车停在了家门口。打狗队的人探头瞥了一眼狗窝。打狗队的人笑，就说：“借用下茅房啊。”

他进去蹲茅房时，其他人倚着门，吹口哨。院子里静静的。解手的人出来。几个人没说什么，把门合上，就走了。

那辆堆了老高狗尸体的板车吱呀地过了家门口。

我妈说“班儿头”跑去找三叔了。三叔住西街，往西就是田地。平常，三叔对“班儿头”最好，危难时刻它可能是盘算着找他救命。三叔给它在门口的麦田里指出一条道：“顺麦垄沟往西，有多远跑多远！”

没人料到打狗队打完西街，又拉着那辆车，悄悄地，回到东街。

下午，有人从门缝探出头。“班儿头”浑身挂着露水，刚喝一口水。他走进来，它夹着尾巴，并没有汪汪叫。后来，我姥从屋里走出来，没有说话，径直揽过我妈，拿手挡住眼睛。

我妈眼前重新亮起时候，门外那辆堆了老高狗尸体的板车，已经吱呀地走远了。

他们没有拿走小小的“班儿头”，就让它躺在地上喘气，小脑袋露出一个洞，汩汩冒血，眼睛凸着。我妈哭着把它抱到柴草上，把它露在外面的舌头送回嘴里。那辆堆了老高狗尸体的板车吱呀地过了我家门口。我妈在葡萄架下早就刨好了一个坑，“班儿头”并没有死。一个星期后，头上的洞结了血坨。后来，“班儿头”恢复得差不多，我妈就把它放走了。

一九七六年大地震之后，地质专家来调查灾情，马州的土狗们成群结队从麦田里带着古怪的叫声把村子包围过一次。所有人都吓坏了。当时，打狗队的人正在田边的棚子里值班，见势不妙，拔腿就跑。

队长问：“是狗，还是狼？”

那人急得要哭：“那知不道！”

队长又问：“有多少条？”

那人说：“那知不道！”

队长气急了：“你不是从现场来的吗？”

那人傻笑着：“没敢看！队……队……队长啊，不不……

不怕你你你笑，我……我我，听那声浑浑浑身抖。”

按他后来的话说，土狗们围着村子嚎叫了整个下午。人们久久地站在田埂上议论，而那些专家已不知去向。

目睹这个事的人说，在那支土狗队伍中好像有一条长得像我妈那条“班儿头”，我妈也看见了——那是她最后一次见尖嘴土狗。震后，好像这种土狗就从这片土地上消失了。

树　猴

我爸死后，姨姥每年秋天都会来我家住上一段时间，帮我妈做做活计，陪我妈说说话。

姨姥从一个遥远而神奇的地方来。她为我描述的那些景象符合我幼年的梦境——村边一片湖水，远处一座山，山上一座塔。塔还是白色的，山上有一种特别小巧的动物叫“树猴”，小如手指，在树上趴着，和树干一个颜色，隐蔽起来很难发现，叫声又像老鼠。我无数次求她为我带来一只小小的树猴。每次，她都爽快答应，说下次就装火柴盒里给我拿来，然后接着做手上的活计。

每一年姨姥的到来总令我失望，每一年她都为自己的空手而来变换着借口。她在我的童年里是一个言不守信的人。每年，我妈都安排时间，把姨姥接过来住一段时间。我妈眼里的姨姥，是一个能理解她的好人。

这样的日子延续到姨姥上了岁数，腿脚不便，才减少了往来。

有几次，我去她们村，就听她们村的人说姨姥爷的故事。别人都是从姨姥如何能干、能照顾人，虽然知道姨姥爷养了别的女人，还是每年冬天做棉衣托人送到城里去，年年未断等说起。

从这里看来，姨姥这么好心，不至于无人陪伴她最后一程。

因为一些原因，姨姥去世时，我妈嘱咐我去看她最后一眼，她自己没有去。等我转车到那里，姨姥已变成了灰土一抔。我没胆量上前去问姨姥怎么会摔跟头摔死；也没敢走在亲人的行列里披麻戴孝，只能低着头混在送葬的人群中，随着队伍，缓缓向前。

实话实说，我心里对姨姥的想念并不多，唯独小时候那几次关于“树猴”的场景令人回味。她在后来我长大后的几次见面里，留下的印象都很模糊——小个头，皱纹很深，脸上因为抹着雪花膏而闪闪发亮，善说故事，家里墙壁是油黑油黑的，一直点着十五瓦的灯泡……

忽然想到在我上高中时，年纪大了之后，很少出门的姨姥，忽然到我家里住了几天。她一进门，看到我家里新装了电话机，一连几天，直到离开，都在指责我妈："你装这个有啥用，啥事别老跟人家比。"

姨姥的话令我妈十分不高兴。人和人一样吗？话又说回来，人和人不一样吗？

蚱 蜢

我们原先管“蝗虫”叫“蚱蜢”，一个俗名被词人李清照一写——“只恐双溪蚱蜢舟”，立刻脱了俗。乡野之中，做学名用的“蝗虫”很少听见人说。它有点古趣，好像南方城隍庙专门为它所设，小小昆虫，如此地位，不由感慨。

只说说它在马州当“吃食”的一段野话。

据说，蚱蜢在中国有三百余种，在我们马州常见三种。我所见的是一种体型最大的土蚱蜢，趴地上，人蹲坑式的，和土一个颜色，很不好找呢！身长近十公分，后腿粗壮，蹬一下，就能跃出去老远。我每回逮起来都一头汗，不过值，就那腿儿咬着带劲。不怕你笑话，我现在吃螃蟹爪时，常开玩笑说一股蚱蜢味。人家都说我老土。小时候，我们给它起了外号，像人一样叫“大蹬腿儿”。现在地里还是能见到“大蹬腿儿”的。

还有一种绿色的，桶状长身子，腿很修长，要是人的话也算是美女。它比“大蹬腿儿”能飞，我们逮到时，都拿住它的两条长腿，让它跳舞，也就是一上一下地颤悠。这种吃起来硬硬的，好像咬葱秆儿。我觉得不好吃，是最早罢吃的一种昆虫。

头部平板的“油蚱蜢”多绿色，身体方正，浑身透亮，油腻腻的，雌的大，雄的小，也是最早作为吃食的一种蚂蚱。嘴里含着，有股清香，油嵌在略略的土味里，一股股的。现在，饭店里炸的大多是这个东西。好吃，出油多。以前看书有个词“螽斯衍庆”，我曾以为“螽斯”是这东西，看着像。查了查，才知道不是，它们同纲同目，不同科，算一个系列。

油蚱蜢是我的重点突袭对象。大多时候专逮母的，公的小。秋深，母油蚱蜢肚子里有籽儿，还没下时，我们就出动了，身上啥也不带。我们的工具是野地里的毛毛草串。毛毛草遍野皆是，一路上随手“嗞儿”地一拔就是。串油蚱蜢得从“脖子”进去，那儿是个坚硬的鼓盖，一层薄膜粘着，捅破了还活着。毛毛草的茎秆儿像针，一扎就过了盖儿。一个，两个，三个……我们就这么串着。

放学后，男孩都在田野里。最佳捕食谁愿错过？错过某科作业可以，错过某顿饭也可以……我从孩子时代总是错过不该错过的，比如某顿饭后给我送作业本的她。妈妈说小丫天黑才离开的，那时我正提着几根沉甸甸的毛毛草往回走呢。

灰 鹅

养鹅厂是由一个荒废火车站改建的。老嘎子他爹死得早，家里越来越揭不开锅。正好赶上招兵，他眼前无望的生活多了一条路，还是一条长长的铁路。从部队下来那年，第一条铁道从村里修到了镇上。他打听到车站要招人的消息立刻就去了。

老嘎子在铁道上班之后，领导让他这个年轻人多锻炼，一人跟火车，晃信号旗，特别辛苦。有人请假，他就日夜兼程，所以长期住宿舍。

这一天，火车到站，他坐在蒸汽火车头前的铁台上，眼睛看着自己的腿在空中摆动，他觉得一个人好累啊。下班回宿舍的路上也一样，他觉得累。他觉得，一个汉子老说累，不好听。

他二十五岁那年春上，有人给他说亲。女子比老嘎子小。说亲人上门说亲，说女子个头高，老嘎子他妈说，好。说女子人特别白，老嘎子他妈就说，好。说女子做家务利索，老嘎子他妈还说，好。

在我们马州，女子到男方家住一段，风俗叫“认活”，约一个礼拜，要认女子手上的活儿是否做得叫婆家满意。认活那段，女子住老嘎子他妈的屋。吃饭时俩人见面。老嘎子大约一个礼拜回村两次，当着他妈，俩人低头，不说话。有时，俩人会一前一后朝石榴河边去。老嘎子就想给女子说话，她也爱听老嘎子在河边给她一个人说话。开始，她听不惯他嘴上的文词。比如，你给他说一件事，他就给你分析一下，最后总结出个道理。

我们马州不叫母亲，而是叫妈。回头说亲人听了女方家人的话，找了一天，在镇子上找到老嘎子问啥时办事。老嘎子没来得及回去，半路陪说亲人去了“柳树○”[1]。

女子站在那天他眼睛看过的两间房前。灰突突的小院子里添了四只黄色的小鹅。老嘎子走后，老头儿的担心像好了一点，女子她娘就说，我看挺好。女子她爹说，听人说他那寡妇娘……有一天，老嘎子在家里没找到女人。他娘冷冷地

1 此村旧名“柳树郿”，后因村人嫌字难写，简写成“○”，这个名称至今仍可在一些小公交车上见到。

说：“好像是去投河了！”

女子在河边抱住他大腿，哇哇地哭，没说话。老嘎子没问出女子为啥认活认得好好的就跑了。说亲人的家门也关起来，敲也敲不开。

从这，老嘎子疯了。疯了就大半夜跑到他娘的屋，手指着老人说，我有病！疯了就大半夜往镇上跑，一边跑一边喊，我没病！两年后大地震，从瓦砾堆里爬出来的人灰头土脸，看见老嘎子就问：“你跑柳树〇来干啥啊？”

老嘎子说：“我来看看这边的灾情！”

他赤着脚，脚上、腿上满是鲜血。他站在一块半截的砖墙上，抹掉脸上一块土，从那里露出的眼睛在四处瞅。不一会儿，老嘎子从墙上走下来，柳树〇人想起什么似的喊老嘎子：“你娘怎么样？你来这边瞎跑啥！”

老嘎子说：“我母亲啊！我母亲还在土底下压着呢。”

又问：“你在这边干啥，还不快去救人！”

老嘎子一摆手：“不急！不急！”

然后，就向远处那个村子跑去。

这个人是疯了吗？有人说疯了咋知道往喜欢的女人村里跑，不往别处跑？一想也对。

一九七六年，大地震毁掉了村子和所有交通。那条铁路线也没办法走火车了，老嘎子在震后兴建的养殖场做饲养员也是政府安排的。他对那里最熟悉，原来这里就是一个小火车站，每次休假回家他都要从这里下车。

灯　鱼

早年间，我们那边经常有人沉河，有的是自杀，有的是受罚，有的是意外，有的是谋杀，那片水深鱼多的地方，就在石榴河上游。岸边那根石柱上晾晒过许多江湖上的罪人，是这些人的尸体养育了水底的灯鱼。

我十三岁左右，不少人还会提起这种鱼。灯鱼也叫灯笼鱼，专喝人血。平时藏在深水，每当有人沉水时它们才会出来。头很小，身体很小，几乎可以忽略。它的头部上方长有一根杆子一样的触角，触角顶部是一个球形肉块，暗夜里会发出红光。鱼身随小肉块的增大而越来越小，整条鱼宛如一个灯笼浮在水中。每年到了月亮飘上石榴河的那几天，原来也是爱死人的时节，成群的鱼爱集体出动。村上老人说，它们都是吃人肉长大的。而我是听着灯鱼的故事长大的。

那年秋天的一个傍晚，我就看到过一条灯鱼。“红灯”在水纹里莹莹发光，开始还很淡很淡，我站在河边，痴痴地，看了很久，也不敢出声。后来，红色越来越红。这就是灯鱼啊，看来又死人了？红光先在岸边闪了一会儿，尔后悠悠向河心漂去，留下一层黑紫色在脚边的水中晃荡。这时，身后传来我妈的喊声。当我从身后的黑暗中看清她的轮廓，再回过头去，想指给她看这神奇的情景时，眼前落下了一片与天相接的黑色，天就这样黑了。

“这么晚不怕小鬼吃了你？”

我妈越走越近，我有点不知所措，挥出去的手停在半空中。

我说：“我看见……”

“回家看不见你，打听邻居才知道你来河边，没听说前村有个孩子沉水，尸体还没找到吗……”

她拉着我，急急地走下大矶。吃完晚饭，我躺在被窝里翻来覆去，脑中回放着一条鱼头顶挑着一盏红灯，从岸边聚拢向河心的情景。天很黑，那片红色忽闪忽闪的。

第二天一早，我穿好衣服，跑出门，迫不及待地把揣了一宿的秘密说开。我在村东头说完以后，人们一阵吃惊，到了村西头还有人说我不是撒谎，就是困了，头晕。为证明自己既没有撒谎也没看错，我当时硬是等村东头的孩子来全了，再和村西头的孩子会合，然后把一队人带到了昨天观看到灯鱼的位置。等他们站好，我得意扬扬地，一指那片被脚踩平的苇草，说着:“就这里，你们看到了吧？”然后，站上去。之后，我又在他们面前竭力恢复昨天傍晚，灯鱼从视野中移动时自己僵直的姿势和痴痴的神态。

“看啊……”我看见他们中的一个矮个头，一同踮起脚尖。他朝河心看，然后又看我一眼，才退回人群中。不及问他看到吗，又有一个高个子从那人身后、那群孩子中走出来。

他越来越靠近我，我说:“正好，你也来看看！”

高个子走后，又来了一个不高不低的孩子。他悻悻地离去，我发觉此刻一群面带狐疑的小伙伴在我眼前交头接耳。没过多久，他们似乎达成一致意见，一齐走过来，顺着我挥出去的手指向河中投去目光。

我站在看灯鱼的位置，看着他们都走远了。这件本算不得秘密的事成了一个“秘密”。为了此事，我小时走在路上常被人指指点点，他们说起灯鱼时一准会提到我。我曾跟村上见过灯鱼的大人们多次解释，却并未改变我不被人理解的状况。一般都是他们招呼我过去。

“你小子见过灯鱼？”我点了点头。

“给他说说！”

我把那个傍晚见到灯鱼的情景，复述一遍给他们中的第三个人。

“我说的你不信，你看！小孩也这么说！”

从那间飘满酒气的屋里走出来，一边走一边听到身后关于灯鱼的更多事。我真正见过灯鱼后就特别相信他们的话了。

灯鱼结群后的壮阔是最值得描写的部分。在我们马州的野史上，灯鱼永远成群结队，在某个人投水沉河后的夜晚，朝河心聚拢。它们头顶上，挑着一盏灯，发出一股强烈的红光。

知了猴

我们马州方言，虽说不到一村一调的地步，多少还是有变化。我们村说，我“哥”来了；邻村的读音是“葛”，三声。雨天之后，路上遇见，他们会说我葛去抠“知了猴”咧，你葛呢？我们村的孩子则答，我哥也去找“叽溜猴”咧！

其实，“知了猴”和“叽溜猴”都是指蝉蛹。反过来倒是蝉蜕，我们统称“叽溜皮”。小时候，我们这些孩子无聊至极，抠这玩意儿的瘾头巨大。

雨后初晴，天蒙蒙亮，或黄昏时，我们就要出发了。林间路两旁竖着阔叶杨。初夏时节，去抠的人很多，特别是下过雨后。地上的孔比绿豆粒小，有经验的，就能判定是不是有货。指尖轻戳，要的是极薄一层土皮破了的触感；手指探下去，触到知了猴，往往它正用它的两只爪抓你的指头顶呢。小孩指头细，抠出来容易，地上留一个个小洞。大人有的脾气暴，一跺脚，土层踩坍，现场狼藉。从地面上发现小孔，直至触到知了猴，再到抠出来，放入囊中，动作连贯，我体会到的是步步惊喜。

知了猴钻出土层，步挨步，从树根到树干，一定高度就不动了，在它急速发育的智商中没有危险近在眼前的概念。它愣在那里，等着金壳自脑后的地方裂开。一个淡绿色的软体挣脱的同时，有风吹来，蝉蜕落地。当然，紧紧钩在树皮上的蝉蜕，会一直留在那儿，直到更大的风雨来到。

在光的照射和风的吹拂下，软体逐渐变灰、变硬，透明的蝉翼折页一般，随着轻微的声响，按骨节，依次打开。

蝉蜕在中医上讲有疏散风热、明目退翳、息风解痉之效。夏秋两季间，蝉卵植于树皮之下，经风吹落地，孵成极小、肉眼看不到的虫。小虫从地上爬碰到湿的地方就钻入了地下。几年，自小而大，成了孩子们游戏的爱物，等着我们这些小孩去抠。蝉蛹身上分泌黏液，摩擦土壤上的孔，看上去如一个井壁光滑的小井般，但留了层极薄的土皮盖在洞口。它在下边窥视外面的气候，下雨，干旱，风吹叶落，等到良机，破洞而出，上树化蝉。我们去地上抠时恰是这个生物进化的中间阶段。那些飞到枝上鸣叫的知了，我觉得可能是智商发育略快，或者说都是命里该着逃离我们的魔掌。几年的地下生活换来一个夏天的自由欢唱。有的却被我们严酷地中断了生命历程，这大概也是命里该着！

知了猴或者叽溜猴在马州大概是一个总称，细分主要有“蚂吉猴”，体态适中，颜色明黄——吃要选这个，肉多，皮韧。

我不吃炸蚂吉猴，却想起很多夏天的故事，重现在眼前的还有抠叽溜猴回来，满脚都是泥，浑身都是树上落下来的积水的自己。我把收成都送给邻居——他们一到下雨天看我出门，就在等我回来，然后自己蹦跳着回家。看着那个少年蹦跳的背影，我有很多感慨。

一到夏天哪儿都是蝉鸣，叫得你莫名焦躁。蝉鸣是重奏，树上的几种蝉，不同频率，齐喳喳地欢唱。一种个头小巧叫“小热儿”的蝉——我以为就是通常大家知道的“知了”，拉着调门，热儿——热儿——一叫一天，能不烦吗？蚂吉猴长着一个大黑头，一对硬翅，声亮如钟。在我的记忆里它们专挑午后嘶吼，吼得人习惯了小热儿的鸣叫，也只得气冲冲地，坐起来发呆。

还有一种身体略长、浑体淡绿的蝉，我们叫“噻狗”。它的叫声是夏日合唱里调起得最高的，声音最有空间感，

“噻——狗——噻——狗——”的叫声时大时小，时左时右，打着转儿。

我的收成以蚂吉猴居多，最少见的是噻狗，印象中小热儿也少——因为个儿太小，抠到也会丢弃掉。大个儿的拿在手里，在手掌里挣扎的力度刚好，就像按摩。

看天收成，有时钻树林子，浑身打湿回家，一无所获。邻居还是在门口，叫住你，给你拿点自己种的瓜果。有时，我不吃，他们还不高兴。那个邻居是一个矿工，和我死去的父亲也认识，就是他说，我父亲在世时也是大雨天不在家，喜欢抠叽溜猴。后来，搬家之后，我再也没见过这邻居。听说因为拆迁分家产，他和几个兄弟姐妹打官司。那年夏天，一气之下，离家出去，始终没有消息。

又是一个夏天，蝉鸣明显渐弱。蝉心不齐，你断我续，听起来是大合唱。重奏与合唱的区别不在于人数，而在于各异。这也是过去和现在生活的区别。人多了，看法却一样了。村子之间的音调，也没有什么微妙变化。

蝲蝲蛄

北方人都知道一句关于闲话听不得的话是："听蝲蝲蛄叫，甭种地！"当然，种地要有自信，不管它们在地下如何搞恐吓活动，没人怕过它们。还有句诗不知道是谁写的："纵有几只蝲蛄叫，何废春夏与秋冬。"意思也是不怕。很多人记得这句励志的话，蝲蝲蛄的叫声却没几个人说得上来。

有时，我的描述无一不建立在长大后读书、看图谱所知道的知识点上：蝼蛄与蝲蛄，一种土栖，埋伏地下；一种水生，浮游清溪。而我们马州见得最多的蛄是前者，也叫蝲蝲蛄——与我最有联系。后者也见过，但阅读得来的描述与自己的印象完全搭不上。我们从来不吃蝲蝲蛄，虽然很多乡村昆虫成了盘中餐。而在《奉天通志》中，"蝲蛄"两字引出的是可入膳。为可防肺吸虫病可研作乳状，滤成脑，以蘑汤佐之，肉嫩汤肥，腴而不腻，谓之"雪花汤"。

记得一次去外地，当地朋友知道我在写这路文字，指着

“蝲蛄豆腐”叫我说一说。还没等我张口，同行的一个女性朋友，立即面露鄙夷：“小龙虾炖豆腐嘛！”原料、做法，说得直接，不容置疑。

有误会。不过，也难怪——熟的蝲蛄颜色鲜红，与小龙虾的确有几分相像。它们是哥们儿而已。一个老家在中国东北，一个来自北美。再者，生存要求不尽相同，喇蛄对水质要求极高，水生态的代言虫；而小龙虾见于媒体的报道太多，是个现代污染环境的特殊适应者。

后来，坐车奔赴目的地，车上当地人跟她说起了我未曾说出的那点历史传闻。努尔哈赤与明兵作战知道不？兵困于英额布三天三夜，粒米未进知道不？令差役到民间征粮讨米，又亲自带领将士到河上抓蝲蛄吃，这才有了全军的重整旗鼓……这个女朋友瞪着眼睛，意思是：“不知道，然后呢？”这人一知半解，我之前看书所知，也一知半解，剩下时间我俩一块儿给她说。现在，想想也不仅是要说服对方。

“正宗蝲蛄豆腐，粉绿白黄相间——粉的是蝲蛄肉，翠绿的是韭菜末，白的是汤汁，金黄的是蝲蛄黄。”我说，“可惜了，你没吃。”

结果，对面的人却睡着了。

书上说蝼蛄触角短于体长，前足开掘式。那些年，我们几个玩伴坐在地头上，与蝲蝲蛄脉脉含情，看它举着两个力气很大的钳子向两旁张开，闭紧，越看越像是一双摸索什么的手，越看越可爱。有天，我挺要好的小伙伴竟把我的蝲蝲蛄抢走，塞进了一个丫头的衣领。丫头一边跑着，一边脱上衣，我们则在旁又追又笑。她的腰带坏了，始终打不开。我的蝲蝲蛄在肉上，不比在土里，也是着急害怕，热得不行，便在她微隆的两胸间扒拉，企图拨出一条生路。就在这时，丫头她妈跑了过来，一把撕开衣服，蝲蝲蛄还在那儿奋力扒拉两块小肉呢。结果，“流氓”被她妈拿出来，就地处决，一脚踩死。丫头捂着胸前一块血印，反而越哭越厉害。那以后，这也成了令她害羞的一件事。联想起这段记忆，我们那儿的蝲蝲蛄更显出了几分流氓兮兮的萌样子。

露水鸟

只有锚洲上才有这种鸟。我们那儿管飞满水鸟的地方叫洲——锚洲、内洲、外洲。其他洲上的鸟，大多有着长长的细脚、长脖、尖长的嘴，如白鹭、灰鸠，还有些叫不上名字的；喜欢单脚立在水中，缩着脖子打盹儿，冷不丁，脖子扎进水里，就有小鱼小虾闯进了它们的硬嘴壳儿。

人们平时很难见到，这种长期躲在芦苇中的露水鸟。我只知道它的叫声别致，早晚啼叫。马州人对露水的叫声还有许多种说法，或说“露水”是小鬼的化身，谚语“听到露水叫，哄上孩子快睡觉”的意思是怕小鬼招惹孩子。

锚洲上腿长个儿高、有着洁白羽毛、头上带黑褐色的鸟儿，可能就是露水鸟！只要你见过一次，你就会相信露水是那么多洲上最美的鸟儿。

素素是马州最美的女孩。我说起露水鸟就和她有关。女孩素素身材高挑，皮肤白净，喜欢手捧白花，坐在水边唱歌。

素素自杀第二天，男知青回过一次马州，乡亲们把他打骂出去。素素葬在石榴河畔的那片芦苇荡背后，那是她平时唱歌的地方。在悠扬的唢呐声中，一只露水长鸣着飞过她家的院落。吊唁的人久久地看着天空，他们说，素素没死，只是白天与夜晚化为鱼在水中游弋，清晨、傍晚化成了露水。

时间过去很久，荒草丛生，河畔的很多坟头都找不见了。唯有素素的坟没被草湮灭，反而是逐年增大，越来越明显，像多年来一直有人看护似的。

第五辑

茶　疼

在我们老家的方言里，“汤”读音接近“疼”。“茶疼”这个听上去惹人怜爱的小名儿就这么叫开了。小时候我在集市上见到茶疼就喊着要吃，不给买，我就在我妈面前哇哇哭。我是一个爱哭的孩子。后来回到家里牙疼起来，一牙疼，我妈骂我就会提到茶疼，我又哇哇哭。

这个甜食对应着一些疼的回忆，我都是因为喝它而牙疼，然后挨骂。集市上我又总是被高高的龙头上系着的两个绒球吸引。这是那段童年的素色记忆上，颜色最亮的一景了。

乾隆年间，一个山东人来到承德通济桥边，开起茶汤铺一爿（方圆五十里，只此一家）。喝茶疼的风气就在承德传开了，至民国初年，成了当地一种风味。

说是这么说，再次见到茶疼也是多年之后的事了。其实，对它的记忆源自一把铜壶——壶身满金光，游龙盘壶壁，壶嘴挑龙头。

此刻，我对于老传说有了新想象，就是有个承德的茶疼师傅受不了乡绅威胁，宁可关掉铺子，也不肯把技术交出去，断然与爱人私奔来马州（当然，他们去过很多地方。我的故乡不是第一站，也不是最后一站）。这样很剧情化，于是茶疼相伴青丝玫瑰般的爱情，九曲十八折，走入了我对故乡的回忆。

那就来说说手艺的事。既然有人爱看山西刀削面、面飞、腾空、入锅，自然有人爱看滚水、沏面、结糊。功夫都在加工的过程上，过程就是艺术。

调好菱角面，碗内浓稠有度，铜壶的水温，从营业一直滚开着。一手碗，一手壶，扎稳马步，瓷碗托平，开水冲直。龙嘴儿边上总有一个碗等水。水停一会儿出一会儿。热水倾出，手托着碗，上下变换距离。水足了，一层红糖，一撮白糖，青丝玫瑰、芝麻、瓜子仁酌情扑将上去。

为何碗要上上下下？师傅说，这水量可关系着茶的厚薄。壶为何停了又倒？师傅说，水温适度，一出一停，各个角落才能均匀沏到。

两个动作巧妙组合，不洒不溢，挥洒自如。这样在集市上才会吸引人，有人留意去看见你是第一步，也算是生意场上的小机灵。

茶疼里不放茶叶，我不清楚为什么我们跟它叫“茶”，可能都是误会。我们到了集市上都说，师傅，冲一碗茶疼！茶疼是冲的，茶是沏的。小水常流叫“沏”，来自南方茶乡，情调差异很大。

在我看，冲是粗，沏是细；沏是雅，诌得出《茶经》；冲是俗，让人解馋，吃得欢喜。这么区分有什么道理？说不清。

我现在写茶疼多好，其实是在写记忆中的味道，脑子里的味道全是想象出来的，再调动神经细胞，产生味觉。最后，很可能结果大于开始。一个东西更多是吃不到了，没有得到，再也得不到，这样的事物都是人们难以忘怀的。

后来，我人到哪里，遇见铜壶，就要走过去看一看，激活一番味蕾——高高的龙嘴儿上抖动着两个绒球，两只眼睛似的看着我。我看出它的没落，它看出我的心事——它的甜与我的疼，紧紧连在一起。我想，好多事就是如此密不可分的，事成不了，记忆未必留不下。记忆留下了，事也许早就成了过眼云烟。

各 饼

“各饼”的“各”意为“纵横交叉”，可能是说制作的动作。“火”与“各”组合起来是烙，“把生面饼摊在炽热的锅上，然后用压具纵横交叉地压面饼”。马各庄的人却不管读音正确还是错误，故意叫“各饼”。这很像他们说话的腔调，“各”字，音调凝重，粗野气派。写法上，也随了读音。

这个庄里几乎家家自己做这个，或是有家人在外从事过这个买卖。这个“错字饼”的群众基础很好，很多人来我们这边，点名要吃这个。不到长城非好汉，到了马各庄，就要吃到这个。现在，吃货多，马各庄却因为采煤沉降消失得早，没赶上好时候。

这单买卖曾帮他们抵挡最初涌入马州市场的各种食品的冲击。第二就是“各饼”手艺，在他们看来被摊煎饼的偷学走了。马各庄的人看见煎饼摊就骂街。

各饼与煎饼是一对异姓的兄弟。我想它的得名大概与做法有关。马州的磨分两种：第一种是旱磨，两扇磨接触面有磨膛，中空，周围是磨齿；另一种是水磨，无膛，接触面是齿，专来磨饼糊。旱磨很少了，水磨摆在天井一角，砖石架起算梁棍样的磨床子，半米高。头天，泡好杂粮，用盆盛上，人坐在磨顶，磨床子下面放个盆接着，两人“抱”着磨棍转圈，一人边转边用勺子把带水的粮食舀到磨眼儿，饼糊从磨缝源源地流到盆里。原料没什么区别。

过去，马州家家都有两种盘：一种叫饼盘，小而薄，面儿不光滑；一种叫煎饼盘，铁打的，又大又厚。各饼是用薄盘，盘子的三条腿，撑着面儿，盘底续上柴火，面上抹一遍油，抹完了，勺子舀一勺糊儿搁在中间，用一种东西——好像是筷子，四五根并齐绑在一起，把糊儿从里向外，一圈套一圈，涂到面上。人们要把饼糊，薄薄地、均匀地倒在面儿上，不破，不粘；还要注意时间，两面略焦，虽然整个饼都很薄，但还是留一个夹心的咬劲。

马各庄人所说的“各”，可能是动作幅度大，旁若无人。“摊”就有局限，范围小，马州有句老话是批评人工作敷衍，叫“你这是摊活儿呢”，意思是应付了事。马各庄人做各饼的营生都是很苦的。冬天把手都冻破了，也要磨糊儿，往盘子上倒力度一点不能差，取薄不取厚，“各饼”以薄脆、软心为其特征。

之前在书里留意到文言文里有“糇”“糒”两字，我觉得古代军队打仗随身携带的，就是类似的东西吧——山东人说是煎饼，马各庄人又得骂街。

《汉书》载大将卫青——汉武帝皇后卫子夫的弟弟，叫人给受困的李广送干粮，用字就是“糒”，看过一篇写食物的文字也谈到“糒”。到底是不是一种东西？

无论是不是一种东西，到底是各饼还是煎饼，我都觉得这对兄弟有故事，不简单。世上可能没简单的事，一个饼尚且如此，人何以堪。

上 味

有一次，我去找邻居沃林，赶上他家吃饭，沃林奶奶非让我坐下来一起吃饭。当时，我家穷，玉米渣粥拌白糖几乎把我的牙都吃坏了。沃林家的条件比较好，去找他玩之前我吃过饭，但还是坐了下来。我第一次看到那么多好菜，可没想到第一口就吃吐了。

后来，我总在伙伴们面前说："沃林家啊甭提了，连米饭都是咸的！"

这事一来二去传开了。沃林跟我说起了他奶奶的事，就是沃林奶奶在旧社会大户人家当奶妈子的事。

"长长的奶子在她五十多岁时，大夏天还经常耷拉在胸前。"这是一个老光棍跟我说的。我只是听听，不好意跟第三个人再说。当时，我已是半大小子，看见村上的女孩儿要脸红。这个老光棍也没有朋友，看我和沃林是好朋友，就爱和我说沃林家的事。因为上次吃吐的经历，我也一直好奇沃林奶奶。就把这个事给老光棍说，老光棍答：“她爱吃上味。”我们老家，也只有沃林奶奶那辈的老人还有“上味”的说法，我听到这个词一愣。

上味不是味道，是盐，是沃林奶奶爱吃的盐。原来，大户人家觉得食物里掺了盐会害奶水没质量。所以，给奶妈好吃好喝，就不给盐。久而久之，大鱼大肉再好，也受不了，一些人总是呕吐，就变得消瘦不堪，落了一个被人家赶出来的命运。沃林的奶奶就是被赶出来的。她回到马州时的样子，在这个老光棍的眼里是软塌塌的。我们老家倒是常说一句话：“上味不足，哪来力气走路啊。”沃林奶奶就这样，毫无力气地一步一步蹭回了家。

老光棍当年还是小伙子，他很记得那个夏天，沃林奶奶第二天就坐在了门口的石墩上，满脸愁苦。冷清的人家也传出孩子们欢快的叫声。奶妈的收入在当时颇高，她一回家，除了幼小的沃林爸爸，这些孩子异常高兴，大人们的脸上都有点不开心。

这是那个年月才有的故事。我不太懂为什么盐叫“上味”。在萧衍《断酒肉文》里见过“此非正真道法，亦非甘露上味”。上味指的是美食。可见盐与美食是一对有意思的关系，像恋人。有个故事说两个有仇的土司，他们的孩子长大后产生爱情，两位大人不同意，东土司的儿子死于毒箭，西土司的女儿以身殉情。当两人骨灰合在一起时，西土司强行分埋两处；当他俩变成两枝花一起开放时，西土司把花折断；当他俩变成两只鸟一起啼鸣时，西土司又把鸟打死……

实在看不下去！既然是个通俗的爱情故事，这对恋人肯定要相见的。我记得在这故事里，男的逃到藏北，变作湖中盐，女的逃到中原化作山上茶。酥油茶开始流传，爱情成了恒久。有了盐的流传，我也时常会想起小时候经常见面、有些闪躲的沃林奶奶。因为，怕被拉去吃饭，我甚至都不怎么去沃林家。那是一个热情的老太太，你不吃，她就使劲地看着你、拉着你……“非典”时期，家里忽然多出很多盐。我心里一下想起这个一吃饭就要喊“上味不足，上味不足”的老太太。很多人说那个年月，她死后的棺材里什么也没有，除了一套当奶妈时置办下的整洁衣衫，就是一包盐。

吉　子

我们马州管橘子不叫橘子，读音听上去像是个日本女人的名字：吉子。

日本作家芥川龙之介有篇小说也叫这名字——《橘子》。与小说里描写的差不多，“吉子”在我印象中也都是小小的，发青，像怪物的眼珠。很多时候拿在手上，不敢示人，小伙伴喊都不敢回头，一路快步，生怕被他们抢走。回家跟它对视，几天下来，舍不得吃，睡前像跟它说好了一般，互相看看。过了几天，我妈忽然问我，给你的吉子吃了没有？我才想到它是用来吃的。那时，它已干干地，团成一块。

我对吉子抱有特殊的情感。这篇小说给了感情一个出口，时不时拿来一读，就像小时候睡前一定要看一眼床边的小吉子。

那天，我在市场买东西，身边突然跑来一个小姑娘。我看她直奔瓜果梨桃摊而去，手上很快就拿上了一个进口芒果。

当时，我站在她和她妈之间。因为是冬天，她妈的脸被冻得通红。她瞪了女儿一眼，小姑娘似乎明白了，低头看了一下手里的芒果，然后做了个吐舌头的小动作，又把它放了回去。

“那边也有！”她拉起她妈的手，直奔另一个瓜果梨桃摊。看母女俩牵手远去，我走过去看了看价格。三十多元一斤，对于“吃了不顶用”的瓜果梨桃来说的确不便宜。

“不顶用”也是小时候，我妈经常说的话。有次，我想吃吉子就缠着她不让她上班。当时，我们家不远处就有个卖瓜果梨桃的。那人远远地见我哭得厉害就走过来劝。

我妈拿出这句老话：“吃了不顶用！”

对方拍着我的头，对我妈说：“馒头顶用！”

我小时候是个爱哭的孩子，经常两手一挥，满脸青紫地哭死过去。我妈怕我哭出什么病，总配合我，让买什么就买什么。后来，我终于如愿以偿了。第二天，我又坐在村边的墙头，一边吹冷风，一边看着小吉子，望着远处我妈下班时的来路。

这被很多人认为是“不良教育”，我妈怀疑过这么做到底对不对。她跟人说：“我知道溺爱不好。但这孩子没个爸也没个人管，我上班一天，他就饿一天。再不要什么给买什么，心里过不去……”

市场上的一幕使我为当年的无赖惭愧，小姑娘比我小时候懂事。她大概有着一个不富裕但完整的家庭吧？

面对孩子的索要，她妈如此严肃。而我生长在一个贫穷的家庭，却没有受过什么衣食上的委屈——冬天吃西瓜，夏天喝汽水，还有那些我哭完后送到手心里的小吉子……

我和这对母女在市场门口又遇上。小姑娘瞪着大眼睛看我，当我扭头看她时，她咧开小嘴，分明在朝我笑。她牵着妈妈的左手，她妈右手拎着一包小吉子。我想，这么小的吉子会卖得很便宜吧。

第六辑

四兄弟

一

大姥爷的外号叫“瞧瞧”。什么东西在他眼前出现，那不叫“看看”，他口头禅是“瞧瞧”。“瞧瞧”大姥爷在儿子娶亲的那几天，瞧着屋顶发起了呆。他瞧了一个礼拜屋顶了。天上还能瞧出个啥?

瞧的是高处的屋顶，动的是地下的脑筋。

先是在一个上午，将九对旧檩从屋顶抽下来，码放在一辆板车上，跟人联系好，很快卖了出去——钱用来给儿子娶媳妇。说来说去，他卖自家屋檩给儿子娶亲没啥可说的。关键在于他为办这件没啥可说的事把他爹的坟给掘了。弟兄几个看不惯“浑六六”的一口好棺被劈成了你一家的屋上檩。“浑六六”黑了大姥爷的心——“浑六六”棺材，即木料皆六尺厚，表示好棺材。

这事把我姥爷气得两眼放光。

几年后，有人找姥爷扯闲，使劲把话往“瞧瞧”身上扯，大伙试图劝一劝。一说“瞧瞧”，他眼前立刻从土里跳出一口会乱蹦的棺材。

他说：“‘浑六六’啊！”

那人继续劝：“这么多年，他知道错了！”

他说：“一层好漆啊……”

想劝的人只能作罢，姥爷与黑心“瞧瞧”越来越像陌生人，到死都像陌生人。要不是政府迁坟有规定，按家族分区，必须挨着，他们的坟头肯定会隔得很远很远。

二

二姥爷被抓壮丁，走了七年。

七年后的一个秋天，二姥爷背着一个破包袱出现在马州。大伙停下手里的活儿，站在麦田里，一手举着镰刀，一手搭着凉棚，前前后后，远远近近地看着他。

“咦？你咋回啦？”

本来，二姥姥带女儿已经过了四年。大伙劝她不用等了，二姥爷肯定死在了外面。三年后，她嫁去了马州外的一处地方。

没人想到他会回来。

二姥爷推开家门时，姥姥端着洗菜盘一愣，姥爷放下手上的渔具也一愣。起先，他在姥爷家吃住。姥姥瞧不上当壮丁的二姥爷，只让他吃剩菜，不让他上桌。一家人在桌上，二姥爷蹴在墙角，端着饭不敢夹菜。姥爷给他夹几次，后来打闹，也不敢夹了。他能活着回来，自己也没想到。

有时，他给姥爷说心里话："我不该回来……"

二姥爷当壮丁把身体全累垮了。青年时就有哮喘，这次回到马州后越犯越重。俩人说不了几句话，他就开始喘粗气。姥爷在旁等，烟袋在地上磕打。然后，两人再说几句，再磕打。几句话之间，夹杂着"噔噔"的响声。

二姥爷不是一个会生活的人，负气自个儿撑门户，过着过着就衰败了。临死前几年，他都是晚上跪炕上，头下叠着两个拳头，拳头顶着枕头睡觉。姥爷问他为啥那个姿势？他拿最低的声音"呼呼"地说："不——这——样——出不来气——睡不着觉哇！"

他死在小年夜，头夜才吃过姥爷送去的韭菜馅饺子，一碗下来，馅少皮厚点，也有十三四个。二姥爷满嘴胡说，什么下辈子一定躲着人，不能再被抓。第二天清早，姥爷一起床，眉头就发痒，在炕上坐了好一会儿，心神不宁地去看苦命的哥哥时，二姥爷不知何时从炕上出溜到了地上，蜷在一角，死了。

我二姥爷惨淡的一生啊，唯一可喜的是，做了一个饱死鬼！

三

我姥爷养羊是为了挤羊奶，喝羊奶的猪出栏，一到集市上，就会被人围住，人们都奇了怪了，猪肥成这样！其实，姥爷只是个养猪的。有的就要在旁边问几嘴。姥爷说："我上次买羊，你看到了吧？"

人群里有人说："你老哥，我们这是在说猪啊。"

姥爷说："说猪不能不说羊，没有羊也有猪，可没有羊的猪，就不是眼前这头猪了！"

大家一时觉得哪里不对，也说不上来。

姥爷不是为了养羊而养羊。可是每次到集市上选羊还是很用心。毛要光滑柔顺，不许杂毛，再者耳朵要大，还有就是有“皮袋奶”。

关于“皮袋奶”，姥爷闹过一次笑话。

那次，他在集市买羊。羊贩子们围上他介绍自己的羊。姥爷从上述几点来筛选。最后，围了一圈人盯着他，挑中了一头羊。

“咦？”姥爷伸手掏过去，摸羊奶子。

羊贩子说：“你这是挑女人呢？”

姥爷继续摸羊奶子。

对方又说：“哟呵！不得摸一下大腿缝？”

姥爷说：“女子和羊还真有一个地方相同，乳头如红豆粒，挺拔才好。好羊产好奶，好奶催好猪。”

用羊奶喂猪的情况还是有的。这么挑下羊奶的羊的人倒没有。那人半天没想明白他的话，笑着说：“有点意思！”

那人再见姥爷就点头哈腰，叫一声：“兄。”

他知道姥爷在大家心中，不仅“有点意思”，还是个有口碑的人。姥爷肯应一声“弟”的时候，这一来二去，有些时日了，两人正式成了朋友。

有一天，说话又扯到要介绍个女子给姥爷。既是朋友，姥爷也没多想。“点头哈腰”又说：“咱是朋友，二来见猪如见人！跟你过日子有保证！”

二十多年，姥爷在生活里没说过几句话。之前，去买羊卖猪要天不亮就出发。晌午，和老把式一起吃喝。下午往家走时，遇上邻村的还要聊几句。打从“点头哈腰”给姥爷介绍了女人，姥爷不非去不去，绝不上集，不非说不说，绝不说话。

婚事在他把一口肥猪做贺礼，赶进猪圈后就定下了。生活一段时间，姥爷发现不对劲——“点头哈腰”说辞里的温柔、善良，过日子都有水分。姥爷越看眼前这女子越恨“点头哈腰”。他恨不是因为被骗了，还因为他们有朋友这层关系，被朋友骗和被陌生人骗不一样。有一次，憋不住了，气冲冲地甩了女人一巴掌。到了集市，看见“点头哈腰”，他长出了几口气，冲进人群就问：“你我到底是不是朋友！”

“点头哈腰”正要跟他说话。

姥爷说：“算了，那不算是朋友！”

他俩蹴在集市一角，姥爷把女子好吃懒做的事给他说了。虽然，这人对人都点头哈腰，显得礼貌、实诚，但姥爷看走了眼！后来，买羊再不买他的，也不给他介绍买卖，逢人问他好羊哪里买，他就摇头说知不道。

从知道到知不道的过程，也说明姥爷的心一点点从热到凉。

小地方做买卖，最靠熟人帮衬。缺了姥爷的带动，再加上养猪、养鸭的人都是小圈子，经常照面，他们的事就传开了。“点头哈腰”的生意也越来越差。不多久，听说就改行去做别的营生了。

四

四姥爷一头卷发，性格绵软，说话声音也很小。平时，姥爷对这个光棍弟弟最好。有一天四姥爷找姥爷借钱，问他借钱做啥，他说，找人说亲总得有间房，不是？

是啊，也到了年纪。四姥爷走后，姥爷研究怎么和姥姥说这事，他手上也没钱。从兄弟感情最好开始说？从老弟老大不小开始说？要不就从老四好不容易张嘴借钱，再说他没个媳妇怪孤单开始说？……他觉得都难开口。姥姥对他们兄弟间的事反应比较大。也不是说姥姥多坏，那时的生活，连自己家人活都不够。自从姥爷把钱都交给姥姥管，他就不想管这越来越难的生活了。

姥爷一拍大腿，反正都是难开口。他在这个理儿的支配下，想出的主意是把猪牵到集市上卖了把钱给老四再说。

没想到四姥爷新房挖地基的头一天，事情败露了。

我姥开始一直围绕姥爷偷偷卖了老母猪，以后生活没来源的事说，掏心扒肺地说，声泪俱下地说。后来，由此及彼，说到了艰苦的生活，又刚生了小孩，吃都成问题。话说姥爷当年的彩礼——这头猪都能瞒着自己卖了。一会儿猪，一会儿人，说着说着，大家就听乱套了。末了，我姥的话必回到老四的新房子上。

她说："我们都快饿死了，你们盖不成房子了，赶紧走吧！"

姥姥把看热闹的泥瓦匠统统骂走了。四姥爷一言不发，听了一会儿就走了。等泥瓦匠找东家的时候，已经没人影了。

这事把四姥爷遗传的哮喘病引了起来。

我妈常说，以四姥爷的脾气，根本不可能跟姥姥吵。姥爷夹在中间，也没法儿说什么。还是生活太难了。

第二天，四姥爷又偷偷把泥瓦匠请回来了。后来，我姥只要来那片宅基地，离得远远的，四姥爷的喘气就不太正常。

不一会儿，我姥还真就来了。泥瓦匠靠四姥爷的反应判断什么时候赶紧停下来。四姥爷跟他们赔了不少不是，说就让她骂吧。大家也理解，想赶紧把房子建起来。姥姥叉着腰，站在空荡荡的地基上骂。一边骂一边看着地基起了墙，墙上加了顶。

现在好像慢慢理解了姥姥也就是出出气，她是一个嘴特别厉害的人。钱都花出去了，她并没有强硬地阻止泥瓦匠们。这么骂，姥爷和四姥爷一句话也不回应，她也慢慢听到村里不少人议论她太不讲人情。

四姥爷的房子建成那天，姥爷站在院里，听着远处传来的鞭炮声发愁。他走到葡萄架下，他那只本来叫得欢天喜地的黄鸟，低着小脑袋，一声也不叫了。一个多星期不吃食，再这样下去就得饿死。黄鸟好像挺懂人心。

那天，姥爷看了一会儿，不舍地，拨开竹笼的小门，黄鸟“噗噜噜”就飞走了。

两姊妹

十四岁的姥姥在一个夏天午后，被放在猪圈墙上的两匹布换去做了童养媳。男方是隔壁村的地主，十岁。两匹布卖的钱在那个年代够让这个家两年没有担忧。后来，姥姥在男方家里一直受气，被大姑欺负，熬到十八岁成婚，男人在城里洋行上班。这个从不过问家事的男人有一天忽然知道了这些事，她的生活也有了好转。每个星期，丈夫都要回家一次，对她也很好。至于，他们怎么又散了，姥姥如何又嫁给了我姥爷这之间的事，我就不得而知了。

姥姥的妹妹也是十四岁出嫁，她坐上牛车的那个秋天的早晨，天气不好，湿气浓重，远处的小路被罩在一片白茫茫的雾中。外县的那户人家光提亲就给了太姥姥五斗米。长路三天两夜，那架牛车把她送到了一个偏僻的村子里。姨姥爷带兵打仗，大部分时间不在家，姨姥初到他们家也是被欺负，只能住牛舍，与牛马为伍。这样的日子过了有四年。

姨姥和姨姥爷在十八岁生日刚过时完婚。第二天，姨姥爷又骑上那匹大棕马回了部队。

有一次，拉货赶马车的姥爷去拉肥的地方，正好就是姨姥爷服役的地方。不料回程时候，被几个很凶的兵拦住。最后，姥爷跳下马车，试着跟管事的人报出姨姥爷的名字，看看是不是能通融一下。没想到几个蛮横的军人立刻笑脸相迎，还送了他很远。

姥爷他们生产队都知道了他有个在队伍上说话管事的妹夫。别的生产队的人在那段日子，也都提着一筐黄瓜、半篮土豆来到了姥爷家。有时外面也会流传一些姨姥爷一个人打死仨鬼子的消息。后来，日本兵有了增援，他的人马全军覆没，好汉不吃眼前亏，在日本兵的追捕下，他跑进一家人院子，在门被踹开前，他捏鼻子跳进粪坑才保住一命……他的名声在他带兵打响某县解放第一枪时到达顶峰。

其实，姨姥也知道他行走在外这么多年肯定有别的女人。还就是这个女人成了他的劫数。有次出差回去，推门发现女人有奸情，脾气像子弹一样上膛，接着枪就响了。这事在部队的影响很大，碍于他有功在身，领导没声张，给他一笔遣散费让他回老家了。

没多久，姨姥爷又跟村里的妇女主任搞到一起，这次跌进了监狱。

后来有一天下午，姥姥听见“咚”的一声。什么人跳进了院子。出门一看，那人正是姨姥爷。姨姥爷穿着一件绿色毛衣——村上没几个人有这装扮。他吃着饭，忽然脱掉毛衣，说：“她姐，这毛衣值点钱，给你，你卖喽，我这回且得往远处跑，被捉回来就死定了。”

这是姥姥最后一次见妹夫。毛衣是否卖了出去，姨姥爷的命运如何，似乎都成了姥姥回忆里的盲点。

她只记得姨姥爷好像是在一个刮大风的清晨离开的，临行前让给姨姥捎去一句话：“不要傻等我，找个好人家再嫁了吧。”

姥姥回忆起这段往事的时候说：“这句话可没法儿捎，你叫我咋开口啊。”

这意思就是姨姥一辈子被蒙在鼓里，傻等着她喜欢的人回来……

死亡四则

一

太姥爷用自己的性命验证了“酒醉怕夜凉”是真的。

这个嗜酒如命的矿工，终于彻底激怒了我善良的太姥姥。一个初秋时节的深夜，天气的确有点凉了。大半夜敲门，不晓得太姥爷从什么地方又酒醉而归。太姥姥在屋里假装听不见他破口大骂，死活不开门。后来，太姥爷在门口，跺着脚，大骂一阵，哀求一阵。

本来，太姥姥听半天没动静了，想起身去开门，太姥爷又开始大骂，骂的字眼比之前更难听。骂人，求人，又骂人。太姥爷酒醉了之后总是这样。没有任何过渡。说骂就骂，说打就打。

如果开门，太姥姥一想，肯定躲不过拳打脚踢。于是，脱下了刚披上的外套，躺下来，耳朵听着外面的声音。

太姥姥听着听着，就睡着了。

村子里的人玩笑似的说，我太姥爷是被那年秋天的一阵凉气给熏死的！

这次突发于秋天的死亡事件，除了在长舌妇的口中议论几天，没有在这个家庭中产生多大影响。如果说，太姥姥一定要把某些事写在脸上的话，那么她脸上的那一点忧伤，也只是在想起接下来的生活时才偶有展现。那不是关于一个人的忧伤，而是关于一家五口的忧伤。

太姥爷死后，日子如何过下去才是重要的。太姥姥一生是很辛苦的。听说老了老了，在一个下午搓着玉米棒子，忽然一口气没呼上来，倒地而亡。

她的死讯在村里也传了几天，逢人说起都很严肃，他们认为那是一种“前世积德”“好人好报”的表现。

二

在马州，死不算多大点事，它类似一种可以使用的工具。我们从来不说谁差点儿死掉，而是说谁“使了个死”。“几个死”

就是几次出入另一个世界吧？

马州人都爱算命，我妈不信命。在我爸死后，她半信半疑地为我算过一命。先生问完我的生辰八字，眼珠滴溜儿转了几圈。他张口就说，孩子他爸没了吗？我妈有些吃惊。先生继续说，孩子他爸活不过孩子四岁……这孩子是少见的大命人啊。

父亲在我四岁的时候发生意外死了，没什么好回忆的。母亲却记住了他形容我命大的说法——“掉井里也能跳上来”。

这次算命的事，先不管准不准确，反正我妈带我回家的路上，脸上是笑着的。

她不再担心病恹恹的我了，深深地，舒了一口气。那时，我们已经从下沉的老庄子搬去了新庄，用上了自来水，不再像原来在老庄子，吃水还要摇辘轳。我妈不让我回老庄子去玩了，她说：“老庄子的井那么多，你没听说会掉井里吗？”我说：“掉井里也死不了，我不是能跳上来吗？”

说到老庄子，有时我们小孩子还会偷偷跑回去玩。除了人，那里什么都在。只是地面和墙上的裂缝越来越大，越来越深，走的时候要特别小心掉进去。

三

我使的第一个死是在搬到新庄开始建房子时。我妈操持盖房子，因为要用灯、开关、玻璃，用自行车载我去买。那天小雨，回来的路上，一辆大卡车从身后冲出来，挂住了车把。我妈描述这段时感慨，捡回一条命！自行车在湿滑的路上，被汽车拖出一条长长的痕迹之后，甩向了外侧。

还好，公路上没有别的车辆。到家以后，一身泥水的我妈，和打牌进门的我爸有过一段关于生死的争吵。据她回忆，自己说过："我们娘儿俩差点儿没命，死了你怎么办？你肯定想，死了就没人管你打牌了。"

后来，这一命像先生说的那样，被我爸还上了。他为我留下一个孤独的童年。学龄前的时间全耗在了野地里，马州的野地把我变成了一个捕蛇少年。我热衷于追随花色各异的蛇，去过所有蛇爱去的地方。那时候，我八岁。第一次感受到死也是这个时候，有点太早了。我攥着被蛇咬过的手指，坐在麦垛边，那是一个长长的中午。我坐在阳光下，身体越来越软。

有人说，蛇毒有潜伏期。潜伏着挺好，揣着个秘密好好活着，尤其这还是一个关于死的秘密。

四

剩下几次接触死亡都与水有关。

我小时候，一到人堆里就哭闹，我妈就只能背我去看水。哟呵，一看水，我就立刻不哭闹了。我年幼的记忆里全是水。看一次，我就能记住青蛙把卵甩在哪片苇塘。过几天，就哭着喊着让我妈背着我去那里看有没有孵出小蝌蚪。长大后一到夏天，我就偷偷去池塘里游水。

故乡是个神奇的地方，四周被因塌陷而涌出来的地下水包围。有时，今天一点泊，几天后成了池塘，过一个月，可能又是一片小湖。有一次，刚下过雨，我循小河钓青蛙。走着走着，忽然来到一个沙坑。

雨天过后的太阳很毒。很多孩子，头顶草帽，循着水腥，找游水的地方。这里是平日挖沙的地方，没水时留下一个又一个深坑，有的地方深达五六米。我就和其他孩子打赌，可以从岸边走到水中央，再从那里回到岸上。

从岸上走到水中央，意味着要走过深坑之间、挖沙子留下的平地。现在，我们能看到的都是水面。大雨过后，除了水面，什么也看不到。

打这个赌是因为我在他们来到以前下过一次水。我企图按第一次下水的原路，走到水中央。没想到半路滑入一个深坑。挣扎了一会儿，我就沉入水下了，身体也涨了起来，喉咙注满了水，眼珠像被手指按住，几近破裂。我只怕眼珠万一破了，回家被我妈看见，非打死不可，就把眼睛紧闭了起来……最终，我被好心人拽着头发，揪上岸，不管大家如何喊叫，如何摇晃，我还是紧闭双眼。

现在，我一点也想象不出当年打的什么赌，值得自己不惜使用了死——我所说的“死”和大家认为的“死”还是有区别的，我说“死”的时候，多少还带着一点意气用事和当不得真的成分吧。

附录一

创作手记

人为什么写作？更本质一点问就是，你为什么要表达？

有人不爱说话；有人爱听别人说话；有人爱说话，却谁的话也听不进去；还有人既不爱说话，也不爱听别人说话，好像很孤独；另外一种人没完没了，听他说话的人赶都赶不走。东北人为什么爱说？冬天室外奇冷，坐在热炕头上能干什么？晚上睡觉，白天说话。当然这可能是一个玩笑，但挺有道理，一个局限产生了一个欲望。

最近回到老家，一个不爱说话的朋友非给我介绍一个人。他说，自己和这个人从下午聊到第二天早上，不睡觉也不瞌睡，特别得劲。

一个人爱说，一个人爱听，他们的相遇是要珍惜的缘分。说的内容肯定搭得上。否则，再爱听的人也坐不住，爱说的人大概也说不下去吧？可见平日里寡言的人未必是你印象中的样子。这么多字，其实表面上和骨子里都在说明“表达”

的一致性。

*

文字对于我妈这种不识字的人，基本就等于遇上了一个不“说话”的人。她听不懂我“说”的是什么，因为文字需要和说话有些不同。

比如，“瓜果梨桃”在我的故乡就是个词组，水果统称“瓜果梨桃”。原来集市上有块区域卖水果，远远的，就能看见，西面竖着个木牌子，写的就是这四个字。我问过他们为什么不是“桃梨果瓜”或“梨果桃瓜”，他们不骂我“闲得”，扭头当没听见，走开了，已经算很不错。到了文字中，还真就多少要有点“闲”，闲情才能逸致。坐下来写字的人一定没多忙，忙了也没那心态。

这是我所在的生活决定的，都是种田、下井、钢条、陶砖这些事。那么“瓜果梨桃”这个顺序的意义就是我赋予的，写字也是捋清这个没人在乎的事。没有深不深刻，只是“表达”还有不一样的方式。

*

我所说的很多情绪，找不到根源，就像爱人，找不到，成了不存在的人，想念一个找不到的故乡，徒有情绪。

有个叫托马斯·特朗斯特罗姆的诗人说，人生像一颗头部密集、尾部散漫的彗星。“头部密集”就是说人生最初的经验决定了一生的去向。后来，他接着写道：“穿越童年的经验是危险的，甚至接近于穿越死亡。”

这些故乡事物让人一次次投入这段经验。虽然，没有飞蛾扑火那么惊险，但似乎也解释了我为什么老提“死亡”这种不祥的词汇。如果不是这位瑞典诗人的话，我会误以为自己多么与众不同。

*

一个乐于坦陈自己人生经历的人，和很多不愿谈论自己生活的作者，本质上是一样的。人都会被误解，说得越多，误解越大，越不可能展现自己。文字中的自己和我本身不可能是百分之百重合的。我可以保证笔下全部是事实，但偏离而出的某些区域更有文学价值。

关于童年，法国导演特吕弗说：“我之所以选择表现孩子的孤独，是因为童年尚未离我而去。”

孩子本质上又都是孤独的。我的孤独也是从那时开始的，至今不会处理这种孤独感。

*

“电影散文”里的“散文”是法国导演戈达尔自己编的词。这个词的意思是说，看似是做模式化电影，其实也可以是“一种企图、一种探索”。

散文不是虚构，也不是纪实，有意思在探求，其中注入了作者的情感和智力。这种情感和智力，光摸着脑袋没用，我是摸着自己的心来做的。

戈达尔提出的“散文”和文体上的“散文”不太一样。

有人认为“散文”是个很古老的词，它没有“随笔”深刻、驳杂、智性。这可能是真的，也可能陷入另一种无知。我认为它接近生活，自由而生动，不需要硬生生地拔高，与生活保持一种天然的平衡，没有较劲，很自私的舒服也好。

文章千古事，能用文字这种工具留下表达，对我来说，就应该珍惜。这个机会来自曾经艰辛的生活，大部分发生在童年、少年时期。

写作中文字是带有态度的。这个态度特别重要，类似我在故乡荒野中走过，对眼前的事物逐个点头。

我来到我们共同生活过的地方，此刻“回忆”看见了我。

*

“写”在我看来，其实就是“说话”，说别人听不懂的话和说大白话都没有什么不可以的。所以，我跟自己的文字都叫想法，这儿有个想法，那儿有个想法，能写的就多了。文字首先是某种人说话的工具吧。到了文学这里，说事成为一个标准，其实不重要，凡事都说清，趣味也就没了。写文不是打官司，不需要讲究板上钉钉。

小学时候，语文老师讲“形散神不散”，古人说“随物赋形”，一个道理。人物、时间、地点、情绪，每个都会变，稍微一变，道理就能推着事往另一个角度走。

*

二〇〇八年左右，我产生过一个认识——

“看山是山，看水是水”是最初阶段，有了训练，迈开了步子，准备踏入“看山不是山，看水不是水”。技巧成熟，随手拿来，自己仿佛获得了一种恐怕有点虚伪的安全感，就觉得可以大肆破坏了。我这样的时间比较长。“看山仍是山，看水仍是水”，返璞归了真。比较难做到，很多说法到此为止。如果“看山水”，作为一种形容，看是技术，山水是内容，里面也包含境界的因素吧？是否存在“看山是水，看水是山”？乍看荒诞，也不能说一点道理没有。

*

散文对我来说是生活，一天又一天，跟着自己，融入自己。

散文会不会觉得不自由？“不自由”可能是因散文历来被认为是与虚构对立的非虚构，也没错。在我的理解里，非虚构针对的不仅是叙事层面，局部与整体的真实，更重要的是说这事时内心的感受是非虚构的。这个如果是来自身体的、恒久的、经过自己判断的感觉在起作用，那么写下来的，就是散文。

*

真实是相对的，真实不会恒定。变动再多，不变的是情感，情感支撑着我们想要说的内容。“真实”是有必要的，我所谓的“真实”有点接近“永恒的情感”。

我个人不太愿意随意使用“永恒”这个词，但是必须承认这种情感，也许真的只存在于诗和散文中？像《守株待兔》寓言里的农夫死守树桩一样，我守着散文中的情感，希望那是无论什么时候都令自己动容的，包括那只突如其来的兔子，也早已在内心认定，它会来的，它就来了。

附录二

风物小解

几年前，我闹过一次关于“茑萝”的笑话。正谈着某种植物，旁边一个朋友忽然打断我，言之凿凿地说：“不要被直觉骗了，这个字可不念鸟！”当即一愣，然后大家拿起手机查这个字的读音。看什么念什么是一种直觉。之后情节反转，那个朋友不再说话。大家愉快地转移去了一个话题。

这事叫我知道直觉也有对的时候。

这件事过去很久，我想到自己写过一些命名为“风物”的文字，也就是凭直觉写下来的。何为风物，倒一直没细想过。

“风物”是否像我们直觉看到的那样？

“风是风光，物是景物。”

陶潜《游斜川》里写道：“天气澄和，风物闲美。”这是风光。后来北宋词人张昪《离亭燕》词里写“风物向秋潇洒”

等等，都归入这一类，例子很多。写景不离物。风光不可能单独存在，即使一片云，也有天地为背景。

“风是风俗，物是事物。”

《明史·西域传》写：“马哈麻墓后有一井，水清而甘。泛海者必汲以行，遇飓风取水洒之即息。当郑和使西洋时，传其风物如此。”

“传其风物如此”更多的意思是说风俗习惯。“马哈麻墓后有一井”，一墓一井是不是算物产？到了宋代诗人梅尧臣《送俞尚寺丞知蕲春县》一诗：“应见言风物，於今有贡鲍。”这个就是指物产了。

“风是风格，物是物象。”

忘记从哪里读到过一句诗：“遥想当年客，风物只一人。”这里应该是讲格局了。物象就是物体形象吧？一个人就是一种样子。

说来说去，“风”字的历史是最久的，直指《国风》。原来《国风》就叫“十五国风”，采自不同的地域，这里指的是地点；另一个就是歌谣，歌谣所唱，男欢女爱。总是感觉“风物风物”，重点在说“风”，“风”包含了“风物”所包含的全部内容吗？

朋友们都说我是跟着感觉走的人。只想说，我写关于风物的文字一点没有区别它们的意思。凭什么一棵草只是物件，不是一片风景，不是一派风格？写作就是冲着它们之间这些说不清、道不明的关系去的。

二〇一三年十一月二十八日

推荐阅读:

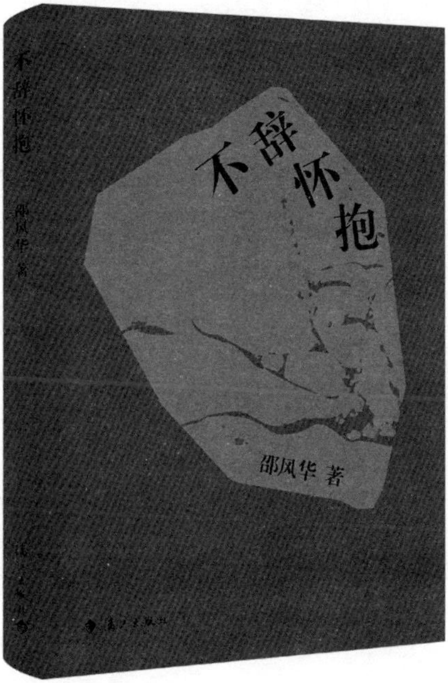

2019 年 11 月出版　　定价：45.00 元

邵风华 / 著

不辞拙诚　笔墨怀抱

这部随笔集，讨论阅读和写作，呈现作者心中的文学世界